Remerciements

Cette réédition a été possible grâce à l'initiative et aux efforts conjugués de deux associations culturelles : Les Amis d'Ernest MONTUSES et l'Union Régionale Culturelle Bourbonnais-Auvergne (U.R.C.B.A.).
Les bois gravés, de Ferdinand DUBREUIL, ont été aimablement prêtés, avec l'autorisation de sa fille, par la Médiathèque Municipale de Montluçon.
Les œuvres des peintres ont été photographiées par Gilles DEPRESLE avec l'aimable autorisation de Madame le Conservateur du Musée Municipal de Montluçon.
Notre reconnaissance va également à notre ami le peintre Jacques GAULME pour ses œuvres qu'il a bien voulu mettre à notre disposition.

ISBN : 2-902894-93-7

Ernest Montusès

L'AGE DE FER

Roman

"Tremble jusqu'en ta base, et gémis, ô vieux monde,
Monde d'iniquité, de chaînes et d'erreurs,
Regarde le soleil jeter sa tache blonde
Encore quelques ans sur le crime et l'horreur."

Ernest MONTUSES

("Premier mai", 30 avril 1901)

PRÉFACE

Quand Ernest-Jean SEMONSUT vient au monde en l'année 1880 à Montluçon, la ville connaît un plein essor industriel. Elle a franchi le Cher pour installer ses usines dans la Ville Gozet. Là, le charbon arrive de Commentry par voie ferrée jusqu'aux hauts-fourneaux. Les péniches mouillent à l'entrée du canal du Berry, quai Louis Blanc où s'entassent les marchandises. L'usine Saint-Jacques tourne à plein régime. La cité est maintenant reliée par chemin de fer avec Moulins, Bourges, Guéret et Gannat. En un siècle, la population est passée de 5 000 à 30 000 habitants.

Quand Ernest se marie en 1904, il est déjà un militant actif et connu. Il a choisi le pseudonyme de MONTUSÈS (anagramme de SEMONSUT, qui commence comme Montluçon et sonne comme Vallès). Avec Angélique THIVRIER, fille du député en blouse — le héros légendaire décédé en 1895 — il entre dans une véritable dynastie. Ce sera pour le meilleur et pour le pire.

Quand MONTUSÈS publie "L'Age de fer" en 1919, il a déjà derrière lui une carrière de militant, de journaliste, d'historien ... et toute une vie de poète. La grande guerre l'a particulièrement marqué, même s'il ne l'a pas faite sur le front. Il a crié sa douleur dans des poèmes qui condamnent la mort inutile et chantent la paix pour les hommes de bonne volonté.

Ces quelques repères vont nous aider maintenant à mieux faire connaissance avec une forte personnalité aux multiples facettes.

Issu d'un milieu fort modeste (son père était "fontainier" à la ville de Montluçon), Ernest s'était préparé à une carrière d'enseignant en entrant à l'Ecole Normale d'Instituteurs de Moulins. Il a même un temps, à cheval sur les deux siècles, exercé son métier d'instituteur à Durdat-Larequille et à Doyet. Mais sa santé fragile (notamment en raison d'une tuberculose) le contraint à une autre orientation. Il devient alors le responsable de la première bibliothèque municipale de Montluçon, poste qui convient parfaitement tant à ses goûts qu'à ses aptitudes et qui va lui permettre d'enrichir une culture déjà vaste.

En même temps, il fait ses premières armes de militant au Parti Ouvrier Français et de journaliste dans deux feuilles de gauche de l'époque : "Le petit Indépendant de l'Allier" et "Le Socialiste de l'Allier".

Témoin et acteur des nombreuses mutations politiques de ce début de siècle, il prend rapidement des responsabilités importantes au nouveau parti socialiste lors de l'unité de 1905. C'est lui qui a l'honneur d'héberger Jaurès lorsque le grand tribun vient à Montluçon et à Commentry en 1909. C'est lui aussi qui demeure rédacteur en chef du journal "Le Combat" jusqu'en 1920.

Après le choix décisif du congrès de Tours — qui provoquera un véritable drame avec la belle-famille — il jouera un rôle majeur dans la jeune fédération communiste de l'Allier. Il sera le fondateur et le directeur du journal "Le Travail" auquel il donnera son temps, son argent et sa santé.

Un militant c'est aussi souvent un élu. Elu, il le fut à la mairie de Montluçon, de 1908 à 1912, comme maire-adjoint chargé de l'instruction publique, on dirait aujourd'hui les affaires culturelles. Elu, il le fut aussi, comme conseiller général du canton de Montluçon-Est, de 1919 à 1925.

Mais c'est l'écrivain qui nous intéresse plus particulièrement ici.

Depuis sa plus tendre enfance, Ernest écrit. "Rimes roses et rouges" (éditées seulement en 1914) constituent ses poèmes de jeunesse qu'il considère comme "rimes puériles" mais qu'il s'est finalement décidé à publier car ils sont "les intimités de tous".

De 1914 à 1916, au cours des deux premières années de la guerre, il donne "La traîne de pourpre" dont le titre désigne le long manteau des rois, couvert du sang des hommes. En 1918, il publie "Les jardins de la douleur", tout imprégnés de la mort insatiable qui écrase le poète en ces temps de tuerie.

A la fin de sa vie, dans une galerie de portraits intitulée "Les hommes de bronze", il fustige, dans des poèmes caustiques, quelques têtes couronnées de l'époque.

Ernest se dit avant tout un lyrique. Et cela apparaît nettement dans ses romans aussi.

"L'Age de fer" constitue d'abord un témoignage sur une ville que l'auteur connaît bien, une ville enfumée où le travail est dur et souverain, où la mort est présente par les dangers de l'usine et par la finalité de ce qu'on y fabrique alors. Dans ce cadre réaliste, voire surréaliste, MONTUSES situe une idylle qui console et apaise. "L'Age de fer" est-il un roman d'amour ? Est-ce le poème de la ville ? Chaque lecteur s'attachera à l'un ou à l'autre selon ses goûts ou considèrera qu'ils ne font qu'un.

Ecrivant à son ami Emile GUILLAUMIN auquel il avait adressé le livre et qui lui donnait son "approbation cordiale et élogieuse", Ernest MONTUSES expliquait :

"J'ai cotoyé pendant la guerre plus d'une histoire dans le cadre même que j'ai dépeint ! Seulement, voilà j'ai eu peur d'être en un sens trop violent si j'étais vrai et j'ai craint que, dans mon temps, on me fasse un grief d'avoir rendu en couleur trop cruelle ce qu'on est convenu d'appeler l'amour... en ce temps."

Dans un autre roman, "Les Cimes", paru en 1925, la guerre demeure sous-jacente; mais l'intrigue ("une épouse déconvenue, redevenue amante") occupe ici davantage de place, l'auteur désirant nous livrer sans aucun doute sa conception de la femme.

La présentation de l'oeuvre de MONTUSÈS serait incomplète si nous n'évoquions l'historien, l'auteur dramatique et si nous ne disions quelques mots du style de l'écrivain.

L'historien est mieux connu en Bourbonnais, surtout dans la région Montluçon-Commentry, puisqu'il nous a laissé une "Histoire de Montluçon" encore récemment rééditée et son fameux "Député en blouse" consacré à Christou. L'auteur dramatique nous a donné surtout la pièce "Contre son roi" qui porte sur un épisode marquant de l'histoire du Bourbonnais et qui fut jouée pour la première fois à la veille de la guerre 14-18 au nouveau théâtre de Montluçon.

Enfin on reconnaît MONTUSÈS à sa magie du verbe. L'écrivain possède l'art de la description et du récit, il attache un rôle important aux images et aux formules-chocs. Il excelle dans les décors d'ambiance, dans les atmosphères. Son érudition peut agacer parfois le lecteur d'aujourd'hui, mais songeons que les discours de Jaurès donnent la même impression. Quel souffle pourtant chez les deux hommes !

"L'Age de fer" nous offre des pages magnifiques où l'épique le dispute au lyrique. Des pages qu'on aimera lire et relire, peut être dire et redire de mémoire, parce qu'elles chantent dans l'oreille et nous laissent au cœur la passion ou la tendresse.

Trop tôt emporté par une banale opération chirurgicale, sous le masque de chloroforme du Dr PIQUAND, Ernest MONTUSÈS décède en 1927 à Montluçon. Au cours de sa vie bien courte, l'homme a beaucoup réfléchi, beaucoup agi, beaucoup souffert de l'adversité.

Les circonstances ont voulu qu'il tombe rapidement dans l'oubli. Il mérite d'en sortir. Cette réédition de "L'Age de fer" devrait y contribuer.

André SEREZAT
Président des Amis d'Ernest MONTUSES*

A Irène et Laurent GAVELLE
avec mes cordialités.
La Croix Louis
27/02/94

**Auteur de la biographie "Ernest MONTUSES, un écrivain dans le mouvement ouvrier bourbonnais sous la 3e République"*
(Editions CREER)

Lorsque ce roman fut écrit, destiné à un quotidien parisien, on était au dernier printemps de la guerre. Printemps sacré, analogue à celui que voua aux dieux irrités le prodictateur Fabius dans le plus grand danger que courut Rome ! Les nations procédaient aux derniers sacrifices, immolaient leurs armées, "ne comptant plus sur les forces humaines, attendant tout leur succès des destins". Fin mai l'offensive germanique paraissait irrésistible. Il n'était pas permis "aux femmes même de verser des larmes". Le monde latin, de nouveau menacé, galvanisé dans un suprême effort, était - comme Montesquieu avait décrit l'Italie antique - "un prodige de constance".

Les pages qui suivent étaient des pages d'espoir. Que parfois l'aile de la douleur les ait obscurcies d'une ombre, comme à la fin du récit, c'était pour l'écrivain affaire de sincérité. Il pensait ce que pensaient "les grandes masses silencieuses" du pays, saisies par l'angoisse et reprises par la vie, allant du désespoir à l'étourdissement et du labeur à l'amour, vivant intensément et atrocement cette période inouïe de l'histoire.

L'Age de Fer, les temps maudits, nul ne les doit plus revoir, et c'est parce que ce roman tend à noter les traits disparus d'une époque très particulière, que l'auteur n'y a rien modifié lorsqu'un retard de publication le fit paraître en feuilleton, pendant l'armistice, et qu'il n'y veut rien changer encore aujourd'hui que persiste, sur l'Europe, un crépuscule sanglant.

E. M.

Juin 1919

L'Age de Fer

— Le printemps nous a précédés !

Le bras levé, comme soutenant une draperie, l'ingénieur Terpain indiquait à Clément Meusnier un paysage agréable.

Le chemin capricieux, aux plates-bandes gazonnées, élargi brusquement par endroits, courait sur une crête. Des buissons élevés, aux branchages délicats, le bordaient, et du soleil riait à chaque brindille.

On était à peine à la moitié de mars et déjà les bourgeons gonflés, ponctués de blanc, étageaient la promesse des fleurs. Deux semaines d'un temps doux avaient préparé le miracle du renouveau. Sur la terre froide et endormie une caresse longue passait.

Pris isolément, chaque brin d'herbe du talus jailli entre les feuilles sèches, était débile et pâle encore. L'ensemble des touffes révélait pourtant une teinte qui était comme une jeunesse du vert et qui se fonçait par endroits. Des pentes déroulaient, au delà des haies claires, des velours et des soies.

Mais un val surtout était charmant. Il était incliné vers le nord, entièrement dans l'ombre et la lumière n'y parvenait pour ainsi dire que par réverbération. L'herbe y était haute ; un cheval, le corps incliné par la déclivité, les pattes arc-boutées, se rattrapait, sans doute d'un long jeûne. Des saules aux branches luisantes se penchaient vers lui. L'ensemble était d'une fraîcheur si soudaine et d'un calme si parfait que le pas des deux amis s'était ralenti.

On les appelait d'un groupe ;

— Messieurs !

Dans l'air tiède, la voix parvenait à eux, rude, habituée au commandement. Ils se rapprochèrent.

Le patron de Meusnier, Alcide Durquoy, l'aîné et le chef véritable de la maison Durquoy frères, — l'une des premières entreprises de construction de France, — ne les attendait point. Il continuait d'entraîner à son pas rapide des officiers en uniformes, la Chefferie du Génie de la région.

Il les dominait de sa haute taille, de ses épaules massives, mal à l'aise dans un complet de drap gris, assez fin, au choix duquel, du reste, avait dû se borner son souci d'élégance. Les souliers larges et de nuance crue la chemise de travail au col rabattu, d'où sortait le masque dur et halé, rappelaient la vie de labeur des chantiers.

Meusnier et Terpain ralliaient le groupe au moment où le colonel finissait de conter une histoire. Il paraissait beaucoup s'y complaire, plus que ses auditeurs à l'entendre.

Il avait eu récemment à assumer la présidence d'un conseil de guerre et il en narrait les débats. Une affaire assez obscure de radiation — intentionnelle ou maladroite ? — d'un soldat sur les registres du recrutement lui avait amené sa première proie.

L'accusé s'était défendu avec une indignation qu'il qualifiait de cynisme et qu'il reprochait, en généralisant, à tous les prévenus de montrer. Il était à un moment de confidences. Et la première qu'il consentait à faire était que le monde comptait beaucoup de malandrins.

Durquoy écoutait mal. Il n'oubliait pas le but de l'excursion. Il interpella sans transition l'officier supérieur.

— Enfin, mon colonel, où voulez-vous que je prenne de la pierre ?

C'était, avec le même violent accent méridional, la même question posée dix fois depuis le départ.

Le colonel essaya de se raccrocher à un espoir :

— Vous, monsieur Terpain, qui êtes du pays, ne pouvez-vous rien nous indiquer ?

L'ingénieur fit un geste évasif et désigna un émergement rocheux, léger îlot gris, au milieu de la nappe douce des jeunes blés. On l'avait prié d'accompagner la Commission, bien qu'il eût un emploi dans l'industrie privée au service de la puissante Compagnie Française des Fontes, à cause même de certaines études géologiques faites par lui sur la région.

Mais Durquoy foulait déjà les mottes grasses du champ. Il atteignait le rocher, le méprisait d'un haussement d'épaules, écrasait une pointe d'un coup de talon et montrait l'émiettement.

— Ça de la pierre !

Il triomphait. Depuis le matin, on avait parcouru un cercle immense autour de la ville, fait des ascensions, dégringolé vers des ravins. Nulle part on n'avait pu trouver une roche assez homogène, assez abondante, pour les milliers de mètres cubes nécessaires.

La guerre durait. Un vaste atelier de chargement d'obus était en projet ; une centaine d'hectares à couvrir de bâtiments. Le cahier des charges avait attiré quelques concurrents qui n'étaient vraiment pas de taille à lutter avec les frères Durquoy. Ceux-ci avaient néanmoins, pour obtenir l'affaire, dû consentir des sacrifices, accepter des conditions assez rigoureuses. Maintenant, ils tenaient au collet l'administration militaire : on leur avait promis et écrit qu'ils trouveraient sur place les moellons. Ils avaient prié les services de leur indiquer des carrières, et, comme le ministère était pressé d'aboutir, on avait dépêché la Chefferie...

La promenade devenait inutilement fatigante. Durquoy et les officiers descendaient par un sentier rapide vers les autos arrêtées à un tournant de la route blanche, menues comme des jouets à les considérer de la crête.

— Laissez-les partir ! Nous rentrerons à pied, dit Terpain.

Ils marchèrent dans l'air printanier, amusés à noter des détails connus autrefois, mais déjà presque complètement oubliés. La torpeur de l'hiver éteint si complètement la couleur des images dans le souvenir que la lumière du printemps paraît en créer de nouvelles. Et le ravissement est double de les juxtaposer et de les apprécier les unes et les autres, sans les séparer, celles du passé et celles du présent.

La colline finissait en promontoire entre les murs vétustes et irréguliers d'un village. Au temps où les hommes recherchaient les sommets pour s'y retrancher et s'y défendre, quelques-uns d'entre eux avaient dû bâtir là, et les siècles avaient, d'une main brutale ou bienfaisante, tour à tour abattu ou relevé les mêmes pierres au milieu desquelles les mêmes races persistaient à vivre.

Un souffle moisi du passé s'exhalait, en cet après-midi ensoleillé, par les fenêtres ouvertes. Les vieux lits de noyer, témoins de la souffrance et de la joie des générations, semblaient se dérober, au fond des alcôves, au pinceau d'or des rayons. Des édredons, mis à l'air, imitant les chats accroupis sur le seuil des portes, faisaient le gros dos sous la chaleur. Des cruches séchaient sur les barrières renversées. Et tout de suite, au bout de l'unique rue, ce fut le panorama de la ville.

De ce côté du village, mieux exposé, étaient les jardins, descendant par les degrés de haies et les murs de pierres sèches jusqu'aux méandres de la route. C'était déjà toute la floraison aux branches des arbres fruitiers. Des pêchers élevaient leur ramure légère où voltigeaient les lèvres roses des pétales. Des cerisiers cachaient leurs bras tourmentés sous les manchons blancs. La grâce des corolles s'interposait entre les promeneurs et le paysage ; la ville en était comme embellie.

Au milieu de la vallée, élargie vers l'ouest, s'étalait la tranquillité du fleuve. Il se hâtait à peine sous les ponts avant de s'alanguir sous les grands peupliers qui frangeaient sa rive au couchant. Sur ses bords, également réparties, s'entassaient les maisons, serrées au cœur de la cité, comme se chevauchant les unes les autres, sombres et vieilles à cet endroit, puis alignées pour former les faubourgs, enfin éparpillées jusqu'à la campagne en une folle débandade. Les dernières étaient blanches, neuves, carrées comme des dés jetés au hasard. Sous le soleil leurs toits de tuiles prenaient des teintes roses.

Et de toute la ville s'élevaient des flèches, des tours, des cheminées. A cette distance on n'osait guère préférer la hardiesse aiguë de la cathédrale à l'élan naïf et régulier d'une cheminée d'usine : la pierre, la brique et le fer concouraient à matérialiser toutes les aspirations humaines.

Des fumées s'élevaient, comme si elles émanaient de nombreux encensoirs, et ajoutaient leurs colonnes aux pyramides rigides des clochers ; des fumées qui montaient d'abord tout droit, puis s'inclinaient au vent, s'unissaient et, couchées, ourlaient de blanc le large ruban bleu ardoisé des collines.

Terpain indiquait différents points, jetait des noms.

A l'est, cet atelier aux vitrages neufs, aux toits en dents de scie, venait d'être terminé. Il appartenait à un petit patron plombier, Désiré Fanchon, qui avait économisé sou par sou quelques milliers de francs, puis avait trouvé des concours dans les banques pour ouvrir une industrie de guerre, tant il avait su persuader les commanditaires de son activité et de son initiative.

Plus loin, une manufacture autrefois fermée, rouvrait. On y avait maladroitement tenté de faire du tissage, dans cette région éloignée des centres de production des matières premières. La faillite avait livré les vieux métiers à la pluie lente des poussières. Aujourd'hui un industriel parisien était venu, avait fait briser, pour aller plus vite, les outils inutilisables. Il avait fait venir des tours, demandé des commandes. Il embauchait du personnel.

Au cœur de la cité, maint petit patron l'imitait. Une activité naissait qui trouvait son plein développement plus à l'ouest, sur la rive gauche, dans la formidable usine de la Compagnie Française des Fontes.

C'était toute une ville au milieu de l'autre avec ses rues, ses quartiers, ses places, ses voies de chemin de fer, son polygone, ses ponts et la forêt de ses cheminées.

L'ingénieur invitait Clément Meusnier à une visite. Il contait que sa compagnie venait d'enjamber le fleuve, d'acheter pour quelques centaines de mille francs, une fonderie sur la rive droite et qu'il en devait prendre la direction.

Une cheminée plus éloignée indiquait encore une industrie à l'ouest. Et c'était la plaine fertile où les blés grandissaient pour la faim des hommes.

Mais la guerre avait ses exigences. Les blés seraient sacrifiés en herbe. Le Génie avait jeté son dévolu sur la région plane, propre à des constructions rapides et régulières. La ville obéissait à la loi mystérieuse qui développe les agglomérations vers le soleil couchant, dans le même mouvement qui conduisait jadis les migrations des peuples.

Terpain révélait tout le plan large du Génie. C'était une pyrotechnie monstre à édifier. Elle partirait de la limite de la ville. Où s'arrêterait-elle ? De ses gestes, l'ingénieur découpait l'horizon et déjà Clément Meusnier voyait tomber, sous un implacable destin, le rideau joli des peupliers géants, victimes de la folie des nations.

Avec une mélancolie qu'il n'osait point analyser et que le soleil dissiperait sans doute, Meusnier reprit le chemin creux qui rejoignait la route. Les fleurs des pêchers continuaient de lui rire au passage et leur corolle éclatait de jeunesse sur le fond gris tendre des fumées.

Comme les deux amis atteignaient la route un camion s'avançait lentement. Il paraissait à peine chargé et le cheval tirait cependant à plein collier. C'étaient, rangés avec ordre et calés solidement, des obus façonnés qu'il emportait.

La ville offrait aux promeneurs, dans le salut du printemps reparu, une corbeille pleine de ses fruits d'acier monstrueux.

II

La guerre, en brassant les foules par le double mouvement de la mobilisation et des exodes, avait groupé les individus de façon imprévue. Cette modification à la constance des sympathies et à la mollesse des habitudes n'allait pas parfois sans un agrément qu'augmentait l'attrait des situations nouvelles.

Quel hasard avait présenté l'un à l'autre, Alcide Durquoy, le plus grand bâtisseur connu et Clément Meusnier, sans profession bien définie avant le cataclysme, apte à chaque chose et ne s'intéressant spécialement à aucune, sachant "un peu de tout à la française" — comme disait déjà Montaigne de nos ancêtres ; — ayant un sens inné des affaires s'il ne les avait dédaignées et un goût naturel de l'art s'il n'avait été enclin à pratiquer la théorie du moindre effort. Au demeurant, une force qui s'ignorait elle même, comme il arrive trop souvent.

Comment Durquoy qui se connaissait assez en hommes, mais parmi ceux qui fréquentaient les champs du travail, avait-il remarqué ce Parisien sceptique par mode et tendre par naturel ? Sans doute il avait jugé que l'apparence était menteuse, que Clément avait des enthousiasmes cachés qui ne demandaient qu'à jaillir à la lumière, comme ces sources qui se dérobent dans l'ombre verte des bois et qui précipitent vers les près des vallées une eau murmurante et scintillante.

Peut-être aussi l'entrepreneur qui avait coutume d'entendre le rapport banal de ses chefs de chantier, avait-il été séduit par la parole aisée et nuancée de Meusnier.

Celui-ci, blessé tout au début de la guerre et repoussé par le râteau de plusieurs réformes cherchait à se rendre utile dans un emploi privé. Il prit avec satisfaction les fonctions que lui offrait Alcide Durquoy, une manière de secrétariat de l'entreprise avec un traitement médiocre et beaucoup de liberté.

Et le hasard conduisant toujours Meusnier lui avait fait rencontrer l'ingénieur Terpain presque un camarade, ancien élève d'un même lycée, séparé seulement autrefois par le fossé, à la vérité peu profond que les jeunes hommes s'obstinent à mettre entre eux et leurs cadets les plus proches.

On a coutume de méconnaître que ceux qui viennent après soi conquièrent chaque jour leur place à la vie : on continue à les considérer comme des enfants maladroits alors qu'ils sont devenus des hommes accomplis.

Les quelques années qui séparaient les anciens condisciples ne comptaient plus maintenant. Ils s'étaient retrouvés avec les marques de la plus grande cordialité et le séjour dans la ville de province paraissait embelli du fait qu'ils s'y étaient rencontrés.

Le surlendemain de leur promenade, Meusnier et Terpain étaient ensemble dans le bureau de l'ingénieur.

Meusnier contait à son ami le bon tour joué par Alcide Durquoy au Génie.

Il avait obtenu toutes les satisfactions qu'il demandait en compensation des difficultés apparentes à se procurer la pierre de construction. Et le matin même, il était allé avec ses équipes à deux pas de la ville, et il ouvrait des carrières inépuisables. Du moment que l'Administration militaire le couvrait qu'il n'était point gêné par les prétentions ridicules des propriétaires, il avait "droit à la montagne" au lieu d'attendre qu'elle vînt à lui. Il attaquait une colline rocheuse par le milieu, pratiquant une saignée, rejetant les déblais, établissant ainsi une voie à flanc de montée qui se développait sur le front de taille immense. Des centaines d'ouvriers avaient déjà leur tâche indiquée, par petits groupes également distancés.

— Mais le fleuve à traverser ?

— Un amusement, répondit Clément Meusnier. Le patron fait exécuter des cages métalliques destinées à recevoir ses wagonnets. Il ne fera pas même de transbordement. La pierre à bâtir franchira le fleuve supportée par un câble d'acier, et les wagonnets reprendront sur l'autre rive leur voie de fer interrompue.

C'était dans la révélation des grandes lignes du projet une joie qui perçait. L'audace et l'initiative de l'entrepreneur ravissaient Meusnier. Au fond, aucun souci égoïste ne guidait peut-être Durquoy dans la réalisation d'une affaire. Le vieux matois n'aimait pas à être "mis dedans". Il défendait avec acharnement ses intérêts, en apparence, et on l'avait vu perdre sans sourciller, un demi million à exécuter un travail consciencieux dans des conditions que l'imprévoyance des services avait rendues difficiles. Joueur, mais beau joueur.

Cette fois encore, l'entreprise tout entière, patron et ouvriers, attaquait le chantier gigantesque avec élan.

Des géomètres avaient jalonné la vaste plaine, planté

leurs baguettes de noisetier, enfoncé les cadres de bois à coups de maillet, développé leurs décamètres et leurs chaînes, tendu des cordes. Un vaste rectangle était entouré de leurs pas. Comme un chemin passait au milieu du terrain arpenté, on l'avait barré, tout simplement, d'une perche couchée. On le détournerait plus tard . Pour l'instant, il fallait aller vite. Et, déjà, une autre équipe de manœuvres, le dos arrondi, les mains noueuses glissant sur le manche poli de la pelle, traçaient à travers les jardins et les champs, les haies et les sentiers, la ligne rigoureuse d'un fossé.

La ville manifestait son étonnement de tant de hâte.

Toute la vie provinciale, bouleversée par la guerre, mais agitée surtout à la profondeur morale des âmes, était à présent extérieurement transformée. Un écho de la grande lutte tonnait dans le coup de mine des carrières. Des aspects de la cité se modifiaient, annonçaient de plus grands changements.

Une foule de promeneurs allaient vers le terrain jalonné. Des vieillards et des enfants s'intéressaient pendant des heures debout, en ligne, au travail des terrassiers.

Cela n'était pas sans agacer les ouvriers; mais ils n'en faisaient rien paraître et ils répondaient avec assez d'abondance, sinon de précision, aux questions des bavards qui les regardaient s'épuiser.

C'est la coutume des humbles de s'adresser à ceux qu'ils peuvent aborder facilement, sans considérer s'ils les peuvent interroger utilement. Les concierges des tribunaux donnent plus de consultations que les plus célèbres avocats. On prêtait au personnel de l'entreprise Durquoy une connaissance approfondie des desseins du patron et peut-être même de ceux de l'Etat-Major. Une coutume qui leur était devenue chère et l'évocation même à laquelle les portait la vue du terrain remué conduisaient les vieillards à discuter patriotiquement la tactique des batailles. Ils y excellaient, au point de trop provoquer l'attention des équipes. Les contremaîtres bougonnaient contre cette diversion.

C'était au tour de l'ingénieur maintenant d'ajouter des détails sur la transformation industrielle de la ville.

Il menait son ami à la Fonderie, empruntant la voie qu'on s'était empressé d'établir, avec des pilotis énormes et des madriers goudronnés, pour franchir le fleuve .

Un Decauville y passait et des ouvriers poussaient des rames de quatre ou cinq bennes métalliques. Ils marchaient sur le bord du rail, le corps complètement oblique, dans l'effort soutenu. La main et l'épaule d'un même côté travaillaient seules, un bras pendait, le cou gonflé était tordu, la mâchoire se contractait.

La voie se perdait entre les bâtiments de la fonderie, au milieu de véritables montagnes de ferraille : rubans de métal clair ou rouillé, roulé régulièrement et provenant des tours, plaques minces apportées des ateliers de décolletage, où l'œil amusé retrouvait, répétées à l'infini, les mêmes empreintes de parties enlevées, débris d'objets usagés où, d'un seul coup, éclatait la diversité de la production et la complexité des besoins d'une société civilisée.

C'étaient les aliments des hauts fourneaux qui allaient dévorer cette réserve, engouffrée dans leur gueule ardente, pour repétrir la pâte précieuse du métal dans le moule oblong de l'obus.

Terpain se réservait de monter l'opération plus tard quand l'usine, modifiée par lui, entraînée à une production rationnelle, aurait atteint son développement.

Pour l'instant, on procédait avec hâte à quelques réparations, quelques mises en état, un classement des approvisionnements, des réfections de voies.

Dans un magasin vaste et élevé qu'ils traversaient, rempli d'outils et de lingots alignés, Clément Meusnier eut la surprise de croiser une jeune fille. Elle passait, des papiers à la main, le visage clair sous la masse des cheveux sombres. Il salua, étonné et charmé, goûtant dans le contraste causé par la rude ambiance tout l'agrément de cette vision.

Les constructions étaient établies sur la rive du fleuve, dans un espace restreint par la proximité du plateau. C'était une des causes probables de la décadence de cette vieille fonderie, resserrée dans un triangle de terrain, étouffée dans son développement. Terpain en indiquait d'autres.

L'usine avait été fondée sous le Second Empire dans le grand mouvement industriel qui entraînait la région. Mais les propriétaires, hobereaux nouveaux venus à la métallurgie, avaient limité les risques qu'ils prétendaient courir. Ils avaient hésité à vendre les propriétés agricoles, dont ils connaissaient mieux le revenu, pour placer leurs capitaux sur des creusets et des fours.

A une époque où la main-d'œuvre et les matériaux étaient cependant à vil prix, ils s'étaient parfaitement contentés d'édifier quelques bâtiments. Deux hautes cheminées de briques les avaient effrayés. Ils s'étaient déclarés satisfaits du léger rapport obtenu et ils avaient développé, plus que l'usine, le parc qui la dominait et vers lequel l'ingénieur conduisait Clément Meusnier.

Le plateau était occupé par une admirable pièce de terre, close d'un mur élevé. Un escalier aux marches brutes et disjointes y accédait de l'usine, par une porte aux barres rouillées et, tout de suite, dès les premiers arbres dépassés, s'étendait la douceur des pelouses.

Une allée de marronniers, aux troncs rugueux tordus, couleur de bronze vert, conduisait à la maison d'habitation, de lignes sévères, dans le style roide du siècle dernier, œuvre d'un ingénieur plutôt que d'un architecte, où la monotonie des cinq hautes portes-fenêtres n'était pas effacée par l'orgueil du perron surélevé à trois marches.

Le salon, au milieu, immense, avait à lui seul, trois portes. Il était vide — quelques meubles restaient seulement aux étages supérieurs — mais on imaginait seulement aisément quel goût et quel mauvais goût l'avaient voulu large, solennel, et froid, pour la soudaine autorité d'un maître de forges.

Les "parvenus" de 1860, grisés de leur puissance, encensés par l'humilité des masses, copiaient leur empereur, rangeaient leurs troupes ouvrières autour de leurs demeures, passaient des revues, l'air important et le regard lointain. Ils singeaient la noblesse, mal, vite et recevaient des invités sans plaisir et sans choix, simplement parce qu'ils croyaient atteindre le fin du bon ton et le secret payé du bonheur.

— Et tenez, indiquait Clément Meusnier comme argument, voyez le faste de ces gens. C'est à construire les écuries qu'ils mettaient leur opulence !

Les remises et les communs étaient en effet réunis dans un grand bâtiment en demi-cercle , plus important que la maison d'habitation, dont il n'était séparé que par une cour pavée où devaient tourner les attelages. Les portes hautes, peintes en jaune, sous les arcs de plein cintre en granit, étaient closes depuis des années.

Des rosiers avaient poussé, au hasard, et la grâce de leur branchage corrigeait du mieux qu'elle pouvait, sur la façade des écuries, la sottise et l'ostentation.

Les amis prenaient une autre allée, s'éloignaient. En

évoquant le passé, dans le vieux parc tout remué de la palpitation printanière, des formes semblaient se préciser et sortir des tas de feuilles sèches. Clément Meusnier rêvait à quelque vêtement gracieux de femme traînant dans l'ombre bleue des futaies, sur le tapis des pelouses. Et par une transposition naturelle dans le rapprochement des pensées, l'apparition prenait le visage de la jeune fille entrevue à l'usine.

L'ingénieur connaissait des détails sur les anciens propriétaires.

Comme on passait près d'une île minuscule, entourée d'un fossé presque comblé, où l'élan des grenouilles prudentes claqua dans l'eau verte, il conta les fêtes qui avaient lieu dans le parc, les lanternes vénitiennes accrochées aux arbres, l'orgie sous les tonnelles, le champagne ruisselant sur les tables "et, disait-on, jusqu'en la mangeoire des chevaux".

Une nuit, justement, dans l'île, un coup de pistolet avait retenti. Pour un beau lancier infidèle, la femme du préfet s'était suicidée. Napoléon III avait simplement déplacé son préfet. Le lancier était resté dans la garnison à laquelle il venait de donner tant de prestige.

Meusnier et Terpain redescendaient à l'usine. Les brames mugissaient, il était onze heures et la sortie des ouvriers commençait.

Au portail, Meusnier reconnut la petite employée. Elle avait un chapeau très simple et un costume rebordé, sans doute pour dissimuler l'usure de l'étoffe, était visiblement trop étroit. Il n'en faisait que mieux ressortir des formes parfaites, une poitrine provocante, tout un corps où s'élançait la sève de la jeunesse.

La jeune fille sortit en parlant à un ouvrier. Ils marchaient côte à côte, sans être trop rapprochés cependant et sans que leur attitude révélât une intimité. C'était une camaraderie naturelle.

Pourquoi cependant Clément Meusnier fut-il soudainement maussade et suivit-il le couple du regard ?

III

— Vous connaissez Constance Rémo ?

— C'est vous qui m'apprenez son nom.

Clément Meusnier s'était arrêté à bavarder, à l'angle de l'avenue Lamartine, avec un jeune ménage, rencontré au restaurant à son arrivée, les Brasset ; le mari, ouvrier de précision d'une usine de Puteaux, appelé par la Compagnie Française des Fontes ; la femme, déjà embauchée dans un atelier, avec cet entrain qu'ont les Parisiennes à rechercher une occupation industrielle, même au-dessus de leurs forces et en dehors de leur goût, dans le souci d'apporter au logis l'appoint d'un salaire large et régulier.

Dans la longue et banale flânerie du dimanche plus insipide encore pour les étrangers à une ville de province que pour les autochtones, Meusnier n'était pas fâché de rencontrer quelques personnes de connaissance, même récente. La guerre semblait avoir modifié les usages, abaissé les préventions, crevé quelques-unes des cloisons étanches de la société. On s'adressait la parole avec facilité. On se liait en peu de jours et quelques rencontres autorisaient toute familiarité et proscrivaient toute gêne.

Madame Brasset voyait Clément Meusnier saluer la jeune employée rencontrée par lui à la fonderie. Elle lui posait indiscrètement la question en lui fournissant un premier renseignement : un nom et un prénom.

C'est une chose charmante qu'un prénom de femme. Dans la magie qu'exercent certains mots, ceux qui évoquent les images précises de beauté, de grandeur, de force, aucun ne peut être comparé à celui-là. Il n'est pas nécessaire qu'il forme une euphonie parfaite. En le choisissant pour désigner l'être vagissant qui vient de naître, les parents n'exercent pas toujours une préférence éclairée, encore qu'ils obéissent le plus souvent à une mode ou à un usage local; mais, quel qu'il soit, et même étrange, et même de prononciation difficile et gutturale, ce mot plus tard, désignant une jeune fille, deviendra éblouissant, et rien qu'à le murmurer ou à le lire, des hommes frémiront.

Connaître de vue une femme, apprécier le charme de sa beauté au passage, n'est rien ; apprendre son prénom, c'est avoir quelque chose d'elle, pénétrer un peu dans son intimité. C'est pouvoir se répéter, caressant, le vocable que seuls, l'amant, le mari, le frère ont le droit d'employer. De là à lui prêter ensuite un sens, à le vêtir des robes accrochées dans la maison du souvenir, il n'y a qu'un pas.

Clément l'eut vite franchi. Le prénom lui plut infiniment. Il s'amusa un instant à la constatation que l'initiale était la même que la sienne. Il choisit entre les sens du substantif celui qui lui parut être une qualité très précieuse, souhaitable, c'est-à-dire certaine en l'espèce. Son imagination allait vite, dépassait la hâte que mettait Mme Brasset à le documenter.

— Mais Constance Rémo est presque votre voisine. Elle habite la rue parallèle à la vôtre, et vous allez dans le même sens chaque jour, elle et vous. Elle travaille à la Fonderie...

— C'est là où je l'ai rencontrée.

— ... et vit, orpheline, avec sa grand-mère. Logement d'ouvriers : une cuisine et une chambre, au premier. Famille cévenole, dit-on. La grand-mère n'a ni posé le bonnet noir des paysannes du Midi, ni abandonné leur langage. La petite a gardé des races méditerranéennes, la souplesse de la marche, l'épaisse chevelure brune et les yeux caressants.

Il arrive qu'une femme sache rendre à une autre femme un hommage mérité. Celui-là ravit Clément Meusnier. Il le trouva conforme à sa première impression, plus encore à celle qu'il ressentait en ce moment, où de côté et sans quitter le groupe, il regardait Constance Rémo s'éloigner.

L'image gracieuse se précisa dès lors souvent, dans la pensée de Clément Meusnier. Elle l'accompagnait au chantier immense, envahi d'une foule active.

La pierre arrivait maintenant dans la plaine, à pleins wagonnets. On l'entassait en monticules irréguliers, nombreux, près de l'aire des bâtiments projetés. On avait commencé les fondations, à la fois, de tous les murs d'enceinte et de quelques maisons. On avait dragué dans le fleuve, près du rivage, des cailloux que l'éternel mouvement de l'eau avait arrondis et qui, descendus des montagnes, avaient mis peut-être plusieurs siècles à arriver jusque-là. Mais c'était un travail lent et difficile. D'autre part, il fallait du sable, et la largeur du courant, au printemps, ne permettait guère d'en retirer des quantités. Un sable de carrière, lavé pour le débarrasser de son argile, ne donnait qu'un maigre résultat.

Durquoy fit faire des sondages dans les terrains de la plaine. Tout de suite, on trouva l'ancien lit du fleuve, un sol composé de sable brillant et doré, et de cailloux roulés. Un mètre de terre végétale à enlever et on avait presque sur place les éléments indispensables de la construction. On scalpa le sol des jardins. On installa une pelle à vapeur, et les cailloux roulèrent, dans les wagonnets, vers les machines à broyer et à doser le béton.

L'entrepreneur avait été interrogé. Combien faudrait-il de temps pour que l'atelier commençât de fonctionner, au moins dans le quart de ses bâtiments ? Six mois, avait répondu Durquoy.

Il tenait à la parole donnée comme à un serment. Il avait acquis sa réputation par son exactitude. Sa fortune en était résultée. Aujourd'hui même qu'il était puissamment riche et suffisamment apprécié pour qu'on ne lui fît pas de reproches d'un retard et qu'il n'eût rien à perdre, il pratiquait les mêmes méthodes d'exactitude et disciplinait son travail personnel comme celui de ses équipes.

Il passait au milieu des ouvriers et des surveillants, ses larges souliers entrant dans la glaise des terres rejetées. Il ne ralentissait jamais sa marche, jetant un ordre, faisant une observation, donnant un conseil. Parfois, on trouvait étrange ou inapplicable son procédé. A la réflexion, on s'apercevait que c'était le moyen le plus sûr d'aboutir vite et bien.

Un matin, il eut un véritable mouvement de colère. Un maçon avait dû se montrer maladroit ou lambin. Il quitta en hâte son veston, sauta sur la planche de l'ouvrier, lui arracha la truelle, mit le mortier, puis saisit une pierre de ses mains énormes, la posa d'un coup dans la place même qui convenait :

— Voilà comment on travaille !

Quand il eut le dos tourné, on raconta qu'il n'était pas embarrassé pour manier un outil, que son frère et lui avaient débuté comme cantonniers dans les Pyrénées, là-bas, sur les routes tracées dans le granit rose des monts. C'était évidemment un homme courageux à qui une santé robuste permettait toutes les fatigues, qui roulait la nuit dans les trains et le jour sur les chantiers, qui mangeait à des heures quelconques et n'importe quoi. Son exemple s'imposait ; ses collaborateurs le redoutaient pour sa brutalité, ses grandes colères, son orgueil parfois insolent, perçant à travers des moments de vulgaire familiarité. Malgré tout, on était emporté par sa fougue, on pratiquait sa ténacité, on s'habituait, derrière lui, à mépriser les difficultés, dans la certitude qu'on était qu'il les vaincrait.

Et la ville nouvelle, tracée aux portes de l'ancienne, commençait à sortir de terre dans la régularité de ses rectangles blancs...

IV

D'abord, la ville avait manifesté sa joie qu'on l'ait choisie pour la doter d'une si formidable usine de guerre. Une vanité collective planait. Les commerçants toujours disposés à mesurer la prospérité générale à la leur propre, se félicitaient de l'appoint de la clientèle que les travaux de construction leur amenaient. Les cours des marchandises montèrent d'abord timidement, puis avec plus d'audace, plus de précision et de régularité. Les hausses se font dans l'ordre imposé par une véritable tactique militaire. On hasarde d'abord isolément quelques prix, comme un chef d'armée lance des éclaireurs. Ces sortes de reconnaissances ne sont point faites pour un profit immédiat. Personne n'achète encore. Mais on remarque ces cours plus élevés comme un pays envahi s'affole devant les raids de cavalerie légère. On se prépare à l'idée qu'il faudra subir la nouvelle domination. On précipite quelques achats; mais, dans la prévoyance générale, le commerce choisit son heure, et, d'un coup, fait donner le gros de l'armée des marchandises très cher. Il annonce habilement d'autres hausses — d'autres armées plus formidables — et l'affolement emporte les dernières résistances. Le consommateur est vaincu.

Ainsi, dans le temps même où la ville se félicitait de son accroissement, elle commençait à en subir les conséquences qui, à vrai dire, étaient liées à tout un mouvement économique général, à la loi d'airain qui faisait passer l'avantage dans un plateau ou l'autre de la balance, suivant l'abondance des produits et le nombre des acheteurs.

La famille ouvrière, sans réserves pour compenser l'accroissement de ses dépenses, réduite parfois au budget de maigres allocations quand l'absence du chef la privait du salaire d'autrefois, connut des heures anxieuses. Sous le halo de la lampe s'étendant jusqu'aux petites têtes blondes, la mère eut l'effroi de ne pouvoir satisfaire les jeunes appétits. Elle pensa à des besognes mêmes dures, même exténuantes. Elle prit, assise à la place du maître de la maisonnée, le sens des responsabilités, et des initiatives.

Justement du travail s'offrait. Une fièvre emportait la cité dans l'exemple des premiers efforts, divulgués par l'exagération des ignorances et la levée des convoitises.

L'ancienne manufacture de tissus, sous la direction de l'industriel parisien, s'emplissait de bruit. Une inscription géante couvrait maintenant le mur d'enceinte du côté de la route. "L. Clovis et Cie". On avait arraché le portail étroit, abattu les anciens piliers pour en bâtir d'autres plus écartés, surélevé le chemin intérieur avec des scories, ouvert de grandes baies avec des portes à glissières. Maintenant, les camions automobiles tournaient suivant une courbe précise, entraient dans l'usine, déversaient au seuil des salles les barres d'acier, apportaient et remportaient les obus soumis à l'usinage.

Dans les halls, sous la lumière bleutée des vitrages peints, s'interposait la charpente compliquée des arbres de transmission. La rotation des poulies entraînait la folle danse des courroies où des nœuds descendaient, prenaient la courbe du volant dans un claquement, remontaient avec élan pour exécuter au sommet une autre courbe. Une gymnastique complexe agitait des formes d'acier, que l'œil essayait de suivre, toujours préocupé de découvrir une modification à l'uniformité d'un mouvement et comme déçu par l'inutilité de cette attente. Une fatigue naissait à essayer de saisir à la fois la diversité de ces rotations. Le regard sautait d'un point à l'autre de l'atelier, comme le spectateur de ces cirques américains, où des acrobates exécutent simultanément leurs exercices sur plusieurs pistes, est contraint de tourner son visage vers chaque coin et se lasse vite de ses tentatives d'ubiquité.

Mais tout ce mouvement chaotique et incompréhensible en son origine se transmuait, se disciplinait, se régularisait et animait l'âme merveilleuse des machines.

Des tours étaient installés par file et l'acier poli de leur axe ne déplacait pas un reflet dans son action continue et rapide. Seule, la pièce à régler et à amincir tremblait un instant, par l'irrégularité de ses arêtes, vite corrigées, au fur et à mesure que le couteau de l'outil le tranchait méthodiquement.

C'étaient des instruments parfaits, les plus habiles et les plus complets que le génie de l'homme ait pu concevoir. Des actions diverses s'exerçaient sur l'outil, le poussaient non seulement vers l'axe, mais latéralement. Le tour connaissait sa besogne. Il la recommençait toujours avec ponctualité, creusait l'acier sur la longueur voulue, à la profondeur réglée et s'arrêtait. L'ouvrier n'avait qu'à suspendre la rotation, de l'effort minuscule d'une manette à enlever la pièce finie, à remettre une pièce brute. Parfois même, pour certaines parties de fusées d'obus, l'outil lui-même, ayant accompli son œuvre s'écartait, laissait la place à une pointe, qui tranchait le petit cylindre étincelant.

Dès lors, le rôle de l'ouvrier était réduit à une surveillance aisée. Aucun effort important ne lui était demandé. Et la première femme qui prit en hésitant sa place, avec un grand battement de cœur, fait d'autant de crainte que d'espoir, comprit vite qu'elle y pouvait rester. C'était un acte simple et d'une portée inouïe, plus qu'une révolution, l'avènement de la moitié de l'humanité à la vie industrielle.

Car l'embauche des femmes se généralisa; M. Clovis fit un peu de publicité, du reste bien superflue, toutes les conditions nouvelles de l'existence conduisant vers son usine la cohorte douloureuse des mères de famille et des veuves de la guerre.

Des jeunes filles se mêlaient aux femmes qui venaient se faire inscrire, des filles robustes, aux membres solides ; d'autres, presque des enfants pâles, minces et blondes. Celles-là, auprès des tours, des engrenages, paraissaient encore plus frêles. Il semblait que leur chair délicate et leurs petits os fragiles dussent être happés, brisés par la violence de l'acier en mouvement. Mais les doigts agiles, légers et blancs, volaient autour de la machine, l'emprisonnaient dans le réseau de leurs gestes, la domptaient sans effort apparent.

Parfois, un mouvement nécessitait une force un peu plus grande : un écrou à desserrer, une courroie à remettre dans sa gorge. Le petit corps se contractait, tous les nerfs obéissaient à l'ardente volonté et la jeune ouvrière souriait d'avoir vaincu une résistance passagère.

Les contremaîtres s'étonnaient surtout de l'attention avec laquelle leurs enseignements étaient acceptés et de l'application d'un personnel si peu préparé à ces fonctions. Les jolis yeux observaient, sans un battement de cils, s'approchaient, larges et profonds. Les visages étaient penchés dans la gravité des traits. L'indication était notée et l'esprit, qu'on aurait cru orienté vers des images gaies ou puériles, était tendu, comme les muscles fragiles, à la réalisation de l'œuvre.

Chez Désiré Fanchon, l'ancien petit patron plombier, les mêmes résultats avaient été obtenus. Fanchon était allé à Paris, avait couru les bureaux du ministère, sollicité des commandes; peut-être sa bonne mine d'ouvrier endimanché, tranchant dans le long défilé des usiniers importants, sa franchise, sa gaucherie même, avaient-elles plu à quelqu'un. Il avait obtenu une assez grosse commande de bombes.

C'était pour son personnel, composé surtout de vieillards, un travail nouveau. Le corps de bombe, cylindrique, s'obtenait assez facilement, mais il fallait souder des ailettes d'acier. Les lames bleues tremblaient un peu dans les mains rugueuses et balafrées des vieux ouvriers. La flamme aveuglante du chalumeau faisait détourner leurs yeux las. Tout de suite les femmes embauchées les remplacèrent avec avantage.

Elles surent diriger sur la base de l'ailette le jet puissant de la flamme ; elles approchèrent la barre mince de fer qui fondait, donnant par la soudure autogène une homogénéité parfaite à la pièce. Elles mirent seulement des lunettes noires et elles riaient les unes des autres de se voir ainsi métamorphosées, à peine enlaidies, dérobant simplement le haut du visage sous de larges verres et laissant fleurir la grâce des lèvres et des mentons.

D'autres ateliers s'ouvraient à travers la ville. Les grandes usines qui obtenaient les commandes importantes du ministère, les fractionnaient, offraient du travail aux petits patrons, en prélevant une part des bénéfices. Ceux-ci restaient encore assez importants pour tenter les initiatives.

Partout, sous des hangars qu'on fermait, dans des magasins inoccupés, s'installaient des tours. Il y en avait de tous les modèles et de tout âge. Avec des vitesses différentes et des outillages hétéroclites, ils concouraient à fournir les mêmes obus.

Un ingénieur trouva, dans des ferrailles, deux vieux bancs de tours abandonnés depuis des années. Les ouvriers les plus âgés les reconnurent, racontèrent qu'ils étaient en action en 1870, qu'ils avaient à ce moment servi à fabriquer les petits obus de fer — qui aujourd'hui paraîtraient bien inoffensifs... On répara tant bien que mal les pieds branlants et les machines de l'ancienne guerre devinrent les auxiliaires lents et modestes de celle-ci.

Alors la ville entière frémit dans le rythme des moteurs. Tous les quartiers, depuis le cœur même de l'antique cité jusqu'aux communes voisines, attachées à l'agglomération, eurent leurs établissements en perpétuelle activité. Près des salles de spectacles, un vrombissement s'élevait, grandissait, ne cessait plus.

La nuit, c'était dans l'apaisement de tous les autres sons, comme un murmure qui s'élevait, planait, s'entendait des campagnes proches. Bourdonnement d'un labeur incessant. Bruit de ruche. Mais les abeilles, les pauvres petites abeilles récemment appelées à la tâche, avaient une autre mission que d'entasser des réserves de miel d'or. Elles collaboraient de toute la puissance de leur intelligence appliquée et de leurs nerfs crispés à l'œuvre nécessaire de défense et de mort.

V

Un après-midi, dans le bureau de planches, hâtivement édifié et couvert de carton goudronné qu'on lui avait établi sur le chantier de la Pyrotechnie, Clément Meusnier vit entrer Constance Rémo.

— Monsieur, c'est une commission de M. Terpain

— Y a-t-il une réponse ?

— Je crois qu'oui.

Le secrétaire avançait sa chaise de paille, s'installait lui-même sur un tabouret de dessinateur, repoussait les plans qui encombraient la table, s'accoudait pour ouvrir la lettre.

Mais il était maladroit. Il feignait une grande promptitude et il s'attardait à chercher sur l'enveloppe le coin le plus propice pour y introduire un coupe-papier. Il ne réussit qu'à la déchirer lamentablement. Il ouvrait la lettre, tremblait un peu, lisait sans comprendre, et, par-dessus la feuille, une seule fois, observait la jeune fille. Elle était calme, elle ne baissait pas son regard et il lui sembla y découvrir une légère raillerie.

Il mit ainsi quatre fois plus de temps qu'il ne convenait pour lire que Terpain — qui avait été souffrant et alité pendant deux jours — avait repris ses occupations et comptait sur lui pour diner. Il dit :

— C'est entendu.

Mais dans le même moment qu'il parlait, il eut crainte que Constance ne partît trop vite.

Je vais, Mademoiselle, vous donner ma réponse.

Il gagnait du temps, s'attardait à chercher du papier, et, naturellement, n'en trouvait point. Temps perdu d'ailleurs. Il ne jouissait de l'agrément de cette présence qu'en son imagination, trop ému encore et trop peu maître de lui pour regarder une nouvelle fois sa visiteuse. Il savait seulement qu'elle était là. Il la devinait le buste un peu penché, la poitrine offerte, les jambes croisées, l'une élevant la bottine, convenablement cirée, les mains gantées pauvrement, tenant le petit sac de cuir. Il regarda enfin, vérifia le portrait, le trouva conforme à sa pensée, s'excusa :

— Je vais vous faire beaucoup attendre !

— Oh ! cela m'est égal. Ma journée sera payée tout de même.

Elle rit, de ses yeux, de ses lèvres, de ses dents. Il la trouva charmante. Il vit soudain qu'elle n'était peut-être ni moqueuse, ni coquette. Elle avait une grande franchise dans le regard. Il fut rassuré et le prouva. Ce fut en débitant une phrase qui commençait par une politesse et finissait par une galanterie :

— Je serai le premier à dire à mon ami Terpain qu'on ne vous fasse aucun reproche et je le féliciterai plutôt de vous avoir choisie comme ambassadrice.

Elle ne rougit pas. Elle eut un petit geste de la main, comme pour écarter cet hommage. Ce fut elle qui amorça toute une conversation sur le ménage Brasset, la femme qu'elle trouvait courageuse et forte, admirable ménagère, autant que bonne ouvrière. Elle sortait parfois avec elle, les soirs, même le dimanche. Clément écoutait la voix, les exclamations, les rires. Il n'avait que peu de choses à dire, approuvait seulement, craignait pourtant de paraître banal. Le nom de Paris lui permit une intervention heureuse :

— Vous êtes allée à Paris, depuis la guerre, Mademoiselle ?

Elle n'y était jamais allée. Mais il tint son sujet, parla du réveil de la capitale, vidée à demi au début de l'invasion allemande et qui s'emplissait à nouveau de vie grondante dans le réconfort revenu après la résistance du front, dans le travail de la guerre où s'acharnaient toutes les grandes villes de France. Il évoqua des tableaux, fut tendre en dessinant de ses doigts les lignes sévères du voile des veuves rencontrées par groupes sur les boulevards, fut renseigné en citant les théâtres qui avaient rouvert et qui jouaient au nez des envahisseurs, dans une jolie révolte de la beauté qui ne s'incline pas devant la force. Il parla également des restaurants où se prolongeait, par les soldats permissionnaires, par les étrangers qui adorent Paris, un écho, bien diminué, de la vie ardente d'autrefois. On l'écoutait avec attention et certaines lueurs dans le regard, qu'on ne se pressait pas d'éteindre et qu'on ne songeait pas à lui cacher, lui prouvaient que ses évocations coloraient des images dont toute une jeune imagination frémissait.

La messagère ne se levait point. N'avait-il pas dit qu'il avait un billet à écrire? La conversation se prolongeait sans aucune gêne maintenant, avec même une certaine intimité, des détails d'existence, des coins d'âme révélés et comme éclairés soudain par une lanterne habile qui les isolait du reste des pensées et les mettait en valeur.

Enfin Clément renonça à écrire, chargea Constance de transmettre son acceptation verbale, tendit la main à la petite visiteuse, fut charmé de serrer la petite main gantée et la garda presque longtemps.

Au seuil du chantier où il avait accompagné Constance l'employée de Durquoy s'écria :

— Comme il fait beau !

De fait, avril était venu, avait des grâces de fillette qui s'éveille. La campagne s'étirait sous le soleil, allongeant les lignes de ses buissons en fleurs et la robe vert tendre de ses jeunes feuilles. Les couchants étaient magnifiques. Des gueules de four s'ouvraient, lançaient des flammes ; du métal en fusion coulait, rougeoyant. Le ciel, contemplant les clartés de la ville du fer et du feu, reflétait les images qu'elle lui offrait.

Mais c'était surtout dans le cœur de Clément Meusnier qu'il faisait beau ; c'était en lui que naissait le printemps, il rêvait sur les plans épars, transfigurait sa mission de modeste employé, découvrait et rattachait au passé certaines analogies.

Jadis Euxène était venu, le Grec à l'esprit cultivé, aborder au rivage de Gaule. Il apportait la science des villes transmise de proche en proche autour de la Méditerranée, comme la clarté annonciatrice sur les monts. Il obéissait à un ordre de l'humanité en fondant Marseille et Gyptis avait pris la coupe des fiançailles, la lui avait tendue dans un mouvement d'amour audacieux et charmant.

Le pauvre secrétaire était un envoyé des hommes. Lui aussi, venant de bâtir une ville ce soir, lui envoyait Gyptis pour le saluer, pour le fêter, pour l'aimer.

Les différences ne lui apparaissaient point. Il ne jugeait ni du fol orgueil de sa comparaison, ni de l'audace de son désir de mâle. Il lui suffit de noter que Constance, comme

Gyptis était de race méditerranéenne, et il ne douta plus du sens de la visite qu'il venait de recevoir.

Il prenait la coupe d'amour et la vidait, grisé...

VI

Parfois, comme par hasard, Clément Meusnier se trouvait sur le chemin de Constance. Le soir, il avait l'excuse de venir à la fonderie trouver son ami Terpain. Mais il n'entrait pas ; il rôdait, attendant l'heure, tirant dix fois sa montre. A la brame, il s'éloignait de l'usine d'un pas mesuré, aussi lent que possible. Il tournait à peine la tête, regardait les visages du coin de l'œil. Une émotion lui faisait distinguer l'approche d'un pas plus léger. Il se trompait, il s'irritait intérieurement de cette attente, ralentissant encore sa marche jusqu'à en faire une flânerie sur le quai du fleuve.

Constance était déjà à un mètre en avant de lui, qu'il la voyait enfin. Il saluait. Souvent, elle était en compagnie d'une autre employée. Elle souriait et passait. Alors il croyait imposer silence en lui à un grand dépit en s'arrêtant, en s'appuyant au garde-fou, en regardant obstinément le fleuve qui battait le bas du perré de son flot glauque. Il voulait penser à autre chose, essayait d'orienter son esprit. Mais sur les rides de l'eau, en barque de joie, passait toujours la silhouette fine de Constance Rémo.

Il arriva pourtant que la jeune fille fût seule. Elle s'arrêta sans nul embarras, vint elle même à Clément, la main tendue. Elle reproduisait alors le symbole du premier jour, lors de la visite au chantier ; elle paraissait être envoyée par la ville vers l'étranger, et le rêve reprenait son développement; le couple faisait quelques centaines de mètres. Clément sentait que l'infini tenait entre deux coins de rues. Il s'indignait contre sa propre maladresse qui l'avait fait attendre Constance trop loin du portail de l'usine, raccourcissant ainsi la promenade qui leur restait à faire en commun. Son regret dominait sa pensée, lui faisait perdre les dernières minutes à des conversations banales. Dès qu'il avait vu l'angle du cours où la jeune fille devait se séparer de lui, il devenait maussade et achevait en silence le chemin.

Maintenant le cycle d'un jour était pour Clément Meusnier divisé nettement en deux parties. Dans la première — qui représentait vingt-trois heures et quarante minutes — il entassait avec ennui toutes les besognes coutumières, ses occupations professionnelles, ses promenades, ses repas, son sommeil. C'était pour lui du temps perdu. Seule, comptait la seconde partie — elle durait vingt minutes — la rencontre avec Constance.

Le chantier ne lui donnait guère de souci. Les constructions montaient dans les conditions prévues. Même Durquoy était reparti pour d'autres villes où il faisait de semblables travaux. Le secrétaire pouvait s'absenter sans trop d'inconvénients. Il trouva mille prétextes pour venir à la Fonderie, simplement pour rencontrer Constance, la saluer, lui sourire, quelquefois échanger un mot rapide.

Il la trouvait affairée, allant de service en service avec des registres. L'usine avait pris en quelques jours une nouvelle physionomie.

Une grande volonté s'indiquait dans l'ordre qui était né. Pendant les années que la Fonderie avait ralenti son activité, gardant juste quelques foyers, comme un volcan mal éteint, les déchets de la production s'étaient entassés, couvrant les cours et les chemins, montant en pyramides, s'étalant dans les pentes. Des morceaux de fonte, des outils, mélangés à des scories, à du sable de moulage, à des poussières, formaient une couche épaisse et brunâtre qui recouvrait le sol.

Au pied du plateau, vers les premiers hauts-fourneaux abandonnés depuis longtemps, aux cheminées sciées à la base, les araignées des ronces avaient étendu leurs longues pattes épineuses, enchevêtrées. C'était le domaine des lézards gris qui couraient sur les murs de briques noircies, s'étendaient sur les plaques de fer, chauffées seulement par le soleil, maintenant que les fours étaient endormis.

Terpain avait fait commencer le nettoyage de l'usine. Avec méthode, des équipes s'étaient mises au travail, avaient nivelé le sol, ramassé les débris des métaux épars sous leur robe d'oxydes, flambé les ronces, peigné les talus, comblé les fonderies. En même temps que ces mesures de propreté donnaient un autre aspect à l'usine, elles récupéraient mille choses que la hausse des matières premières rendait appréciables.

En même temps, des voies étroites étaient posées, se ramifiant à travers toute l'exploitation et aboutissant à l'embranchement du chemin de fer. C'étaient les mesures préliminaires indispensables à la réalisation du plan de la compagnie qui se poursuivaient méthodiquement.

Les hauts-fourneaux, visités et remis en état, étaient maintenant pleins jusqu'au bord de minerai. Leur cuve recevait les lourdes pierres rousses, les gardait longtemps,

les digérait, les transsubstantiait en clair métal. Une mystérieuse élaboration avait lieu pour les besoins des hommes. Les forces de la nature, asservies, concouraient à l'œuvre. Le feu, discipliné, augmentait sa puissance aux abords du minerai de fer, le léchait, d'abord, d'une caresse, l'échauffait de son approche, l'embrassait étroitement, l'emportait dans sa furie, mêlait les propres molécules de sa nourriture de carbone aux poussières d'oxyde, élevait la masse jusqu'à l'incandescence, formait l'éblouissante étoile liquide arrachée aux constellations, qui allait pleurer sur le monde par les larmes de la coulée.

Le vent, captif dans les souffleries, et comme maintenu avec peine, attendait, pour s'élancer en mugissant dans le couloir du chalumeau. Lui aussi concourait au grand travail. Plus obscurément, il mêlait sa passion à celle du feu. Il l'accompagnait de sa chanson violente. Sans doute venait-il de loin. Il apportait des océans la plainte des marins menacés par la torpille ou le champ de mines. Il apportait des fronts de bataille la plainte des mourants, les hurlements de colère des canons, les cris de rage, les chants de triomphe. Il venait en messager de la mort réclamer l'aide incessante des populations. Il disait les besoins des frères luttant et voyant s'épuiser leurs forces, s'ébrécher leur glaive. Il dénombrait les armées de l'ennemi. Sa voix devenait parfois si impérieuse que le pays en était soulevé d'émoi et se ruait, délaissant les campagnes nourricières, à la besogne infernale des préparations du fer.

Et toute cette besogne s'accomplissait comme obscurément, obéissant à des rites absolus. La flamme se cachait au ventre des fourneaux. Seules sourdaient quelques vapeurs, très blanches, qui couraient dans l'usine, séparant les plans divers de l'exploitation, découpant comme sur un écran l'architecture hardie et élégante des hangars et les ombres mouvantes des servants.

Des appels de machine montaient, allaient jusqu'au plateau éveiller les échos du vieux parc où éclosaient les primevères.

VII

Un matin qu'elle se hâtait vers le déjeuner, Constance Rémo rencontra Clément au milieu de la ville.

— Je vais faire le tour du quartier en vous conduisant dit-il. Cela ne vous contrarie pas ?

— Mais non !

Ils abandonnèrent les boulevards, prirent la rue plus étroite, longèrent le trottoir.

Le temps, à mi-avril, était devenu fort maussade. Le soleil ne riait que par intervalles et une pluie obstinée tombait fréquemment. Les trottoirs, seulement élevés avec de la terre maintenue par une bordure, étaient couverts de flaques d'eau qui se troublaient sous les averses et redevenaient rapidement claires, mettant alors sous le ciel nettoyé de nuages la chaîne de leurs miroirs tremblants. Constance évitait d'y poser le pied. Elle suivait la bordure de pierre et s'y appliquait à n'en point descendre. Comme cette partie était fort étroite, c'était presque un exercice gymnique. Elle trouvait une joie à accélérer la marche difficile à se maintenir sur la pointe du pied ou sur le talon mince et haut. Elle riait. Son corps, dans le balancement nécessité par la recherche de l'équilibre, avait des mouvements hardis qui enchantaient Clément. Il avait la révélation de muscles tendus, d'une chair pleine, de lignes adorables. Il était resté à marcher sur la chaussée et son regard ne se détachait pas de Constance.

— Quelle odieuse matinée !

Elle ne trouvait pas et s'enchantait que par des échappées, au bout de ville, on sût que la campagne se faisait belle.

— Vous allez vous promener quelquefois ?

Elle ne répondit pas directement, raconta seulement qu'autrefois, quand elle était encore petite fille, on la laissait aller avec son chien, les jeudis. Et c'étaient sans doute des parties charmantes. Elle s'enthousiasmait au souvenir.

— Et maintenant ?

— Oh ! maintenant, je sors peu, Grand mère est âgée. Elle n'aime pas aller loin. Et elle a peur que je me perde...

Elle souriait. Y avait-il de la malice dans le double sens du mot ? Clément feignit de n'en rien supposer.

— Pourtant avec votre chien...

Il insistait, voulait savoir si elle accepterait d'aller vers les champs ensoleillés qu'offrait avril. Il décrivait la joie des fleurs de la voir parmi elles. Il ne parlait pas de celle qu'il aurait eue lui-même.

Un moment, il crut apercevoir un frémissement de narines et un battement de cils. Il se fit plus pressant lâcha une phrase qui voulait être un aveu et qu'il dit mal adroitement dans son souci d'obtenir une réponse immédiate, avant qu'il la quittât.

— J'ai tant à vous dire !

Elle sourit tout à fait, fixée sur les sentiments qu'il hésitait à révéler, redevenue maîtresse d'elle-même — comme les femmes savent le faire ou le faire croire quand il convient. Elle était même un peu moqueuse en s'arrêtant, en lui disant brusquement "au revoir", sous le prétexte qu'elle avait des provisions à prendre et qu'elle était en retard.

Ils étaient en vérité fort près de chez elle et Clément, retournant sur ses pas, un peu décontenancé, d'abord, de n'avoir pu obtenir de promesse, tira de ce fait des commentaires favorables.

Les amoureux ont remplacé les croyances anciennes par tout un lot de remarques et de superstitions. Ils n'interrogent pas le vol des oiseaux, mais ils analysent des riens, ils pèsent des mots, ils découpent des souvenirs.

Clément avait gardé, tant son attention était tendue pour la recueillir, la notation musicale des phrases dites par Constance. Il n'avait plus qu'à poser le disque enregistreur. L'écho, à peine adouci, à peine diminué, lui revenait. Il se répétait les mêmes mots. A réfléchir, il lui semblait maintenant que Constance l'avait quitté avec un peu d'inquiétude. C'était à n'en plus douter, par crainte que sa parente ne la vît. Elle avait donc été contrainte d'agir ainsi, et c'était sans doute la raison qui avait motivé cette rapide pression de main. Le mystère est la première pudeur de l'amour. Constance n'était donc pas indifférente.

Clément Meusnier vit s'édifier, au milieu de la cité du fer et du feu, le palais calme de son bonheur.

VIII

Huit heures ! Un bref mugissement de la brame. Quelques minutes de repos pour "manger le pain". Dans l'air des ateliers quelques rotations de plus en plus lentes des poulies, puis du silence qui monte, s'impose, règne. Un dernier claquement de courroie. Aux oreilles, excédées du perpétuel vrombissement, la première voix qui s'élève paraît formidable. C'est qu'elle domine maintenant les machines endormies.

Le vieux Marrant est déjà assis sur une caisse à outils, dans un coin. Il a tiré des chiffons gras. Il sait employer, depuis un demi-siècle qu'il est là, les précieuses minutes qu'on lui laisse. Il courbe davantage son corps, déjà plié depuis des années, il repose ses épaules trop lourdes en appuyant les avant-bras sur les genoux. Il vient de dire à Blanc, son camarade :

— Voilà qu'on nous envoie des gamines à présent !

— J'ai bien vu !

— Alors, tu crois que ça fera du bon travail ?

— Et pourquoi pas ?

Marrant regarde un peu de côté Blanc pour savoir s'il ne se moque pas de lui. Au fond ils sont d'accord, toujours, mais ils commencent par se contredire. Ils alimentent ainsi la conversation.

— Des jupons dans les usines, maintenant !

— Il y en avait bien autrefois dans les mines ; des herscheuses et d'autres qui descendaient dans les puits.

— Possible, mais ce n'est pas la même chose.

Ce n'est jamais la "même chose" avec Marrant. Il a trouvé son sujet habituel. Il part sur ses souvenirs.

— Tu ne te rappelles donc pas ?

Il cite des prouesses. Il nomme des ouvriers qui faisaient un travail précis et rapide. L'un est mort, l'autre est parti dans l'est.

— Ça, c'étaient des rudes compagnons.

Jamais pour Marrant, ni pour Blanc d'ailleurs, les générations présentes ne donneront un semblable effort. Blanc indique que cependant la production n'est plus "à comparer".

— Parbleu avec leurs machines d'à-présent.

Ils sont, aux yeux l'un de l'autre, couverts d'une gloire dont les profanes ne peuvent découvrir l'éclat, en les voyant passer, le corps brisé, comme écrasé de sa longue servitude. Mieux, eux, ils savent ce qu'ils valent. Et, de fait, ils ont accompli, avec des moyens précaires, un long et acharné travail. Ils ne se sont jamais rebutés. Ils ont marché, en hiver, de la nuit de leur chambre sordide à la nuit de l'atelier empoussiéré. Ils ont vécu les étés auprès des fours. Leur main crevassée et tannée ne s'est jamais refermée sur la tige d'une fleur. Ils appartiennent à l'usine, comme ses chaudières, son marteau-pilon, ses locomotives. Ils ont la peau de la couleur des briques des cheminées.

— Alors, tu comprends, des femmes...

Ils tombent d'accord, maintenant.

— Les femmes, mon vieux, c'est fait pour apporter la soupe à l'usine.

Ils se taisent. Le repos est fini. Les ouvrières rentrent, reprennent leur place, deviennent immobiles dans leur grand tablier blanc, attentives à surveiller l'outil, à régler la profondeur de sa morsure dans le cylindre d'acier.

L'émoi des sens s'est atténué pour les vieillards. Ils ne distinguent plus les nouvelles venues des jeunes hommes qu'on leur envoyait jadis au sortir de l'école, comme apprentis.

Les uns et les autres sont, pour eux, des être faibles et maladroits, craintifs, enclins à la paresse. Tous ces gamins, enfants et femmes, ne vont-ils pas transformer les usines en salles de classe ou plutôt en cours de récréation pour y tourner une éternelle farandole ?

Marrant et Blanc ne veulent pas encore s'avouer qu'ils se sont trompés, que les "petites" sont courageuses, intelligentes, obéissantes.

Parfois, quand ils traversent les cours, ils s'arrêtent pour laisser circuler, sur une voie étroite qui coupe leur chemin, un wagonnet de tôle que pousse un groupe de filles. Elles ont serré leurs cheveux sous une étoffe noire enroulée. Mais des mèches flambent, rebelles. Leurs croupes et leurs seins tendent les tabliers. Elles sont belles comme des jeunes déesses. Elles rient de leurs dents blanches et de leurs grands yeux éclairant leur visage bruni. Elles sont "chez elles", nullement gênées par leur besogne. Et les vieillards continuent leur chemin en hochant la tête.

Entre les ouvrières et les plus jeunes ouvriers, des amitiés naissaient. La défiance des premiers jours avait été courte ; plutôt une période où chacun s'observait sans hostilité. Les garçons s'étaient trouvés un peu gênés, un peu gauches devant certains regards. Pourtant, les débutantes manquaient elles-mêmes d'assurance et elles tenaient à se concilier, de suite, des sympathies. Des sourires aplanirent toutes les difficultés, rapprochèrent les distances, dispensèrent des présentations. Les hommes sentirent vaguement le charme d'une présence. Ils s'employèrent à le rendre possible et durable par des prévenances parfois maladroites, mais cordiales, par une aide empressée dans le travail.

Ils comprirent soudainement ce que la rudesse de leur langage et sa verdeur pouvaient avoir de choquant pour une oreille fine et jolie, où tremblait une boucle d'or. Ils évitèrent les gros mots, les injures, les expressions qui peignaient en couleurs trop vives leurs désirs ou leurs joies. Il y eut une police de langage que chacun assurait.

Et par un tour inverse de l'esprit, peut être par un commun désir de rapprocher les distances, de faire tomber les barrières, ce furent les femmes qui s'amusèrent de certaines expressions triviales ou les encouragèrent.

— Laissez le donc dire !

Elles s'employèrent parfois à suggérer le mot trop cru. Elles le mâchèrent de leurs petites dents. Elles eurent comme une volupté à prononcer des vocables qui leur fussent interdits précédemment. Elles confondirent un peu la licence et la liberté dans la hâte de profiter des nouveaux avantages qui leur étaient concédés. Quelques-unes firent même un peu plus que d'imiter les hommes dans leur langage. Elles les dépassèrent parce que c'est un besoin bien féminin d'exagérer et d'aller à l'extrême. Leurs lèvres apprirent tout un vocabulaire étrange.

IX

Clément vint chez Constance.

C'était un dimanche matin. La veille, il l'avait vainement attendue. Il n'avait pas osé demander à Terpain les motifs de cette absence. Il était inquiet et pourtant vaguement satisfait du motif qui lui ouvrait le domicile de la jeune fille.

Ce fut elle-même qui le pria d'entrer, un peu confuse d'être en peignoir, contente tout de même de la visite et soucieuse de ne pas être enlaidie par le rhume.

Elle parlait difficilement et ce fut la grand'mère, assise à raccommoder près de la fenêtre, qui fournit les détails sur l'indisposition de Constance.

La vieille dame n'avait pas repoussé le drap qu'elle tenait. Elle restait immobile, l'aiguille en l'air, regardant le visiteur par dessus ses lunettes. Elle confondit vite le mal de Constance avec ceux dont elle souffrait et la jeunesse de sa petite avec la sienne propre. Elle bavarda.

Clément s'était assis. Ce n'était pas sûr qu'il écoutât ni même qu'il entendît. Son attention était toute portée, sans qu'il y parût trop occupé, à considérer la pièce où il se trouvait. Il n'était pas indiscret, mais amoureux et sa curiosité avait les meilleurs mobiles.

Il ne songeait du reste point à critiquer un détail. Il ne sentait même pas la pauvreté du mobilier. Il le trouvait admirable puisqu'il environnait Constance. Il s'attardait à suivre les motifs d'une broderie qui recouvrait le buffet ; il pensait aux doigts légers de Constance. Il s'émouvait à regarder la lampe; il pensait au front blanc de Constance, courbé pendant la veillée. Il tremblait de trouver sur la cheminée un portrait d'homme, d'un fiancé, d'un rival. Il s'attendrissait sur la grâce d'un œillet qui mourait dans un verre, sans rien perdre de sa couleur. De qui venait cette fleur ?

Il se rappela qu'il avait acheté quelques violettes sans trop savoir s'il aurait l'occasion de les donner. Il tendit son offrande modeste et souffrit qu'elle se trouvât placée près de l'œillet. Mais Constance, avec le sens qu'ont les femmes pour prévenir une inquiétude, parlait :

— Mme Brasset est venue me voir plusieurs fois, cette semaine. Elle m'avait apporté également des fleurs. Mais elles se fanent si vite, ici !

Ce n'était pas l'avis de Clément. La pauvre pièce, qui servait de salle à manger et de cuisine, lui semblait une demeure délicieuse. Justement, un rayon de soleil venait de percer quelques nuages légers. Il jouait dans la guipure banale des rideaux à quoi il communiquait une blancheur éclatante et la lumière tamisée, adoucie, venait baiser les pétales des violettes sur la cheminée et les cils noirs de la jeune fille penchée sur le bouquet. Les fleurs, toutes les fleurs s'épanouissaient là. C'est à regret que Clément Meusnier mit un terme à sa visite.

Il s'était du reste levé deux fois. Chaque fois la grand-mère l'avait fait rasseoir, attentive à développer ses récits, heureuse d'avoir un auditeur. Il aurait appris, s'il avait prêté la moindre attention à ce discours, des détails touchants sur l'enfance de la vieille dame. Il n'en voulait que sur la vie de Constance et il lui suffit d'apprendre que la grippe la retiendrait encore quelques jours au logis et que la grand'mère l'y laissait seule pour aller travailler "en journée".

Il revint dans la semaine.

Constance était assise sur un petit banc, près de la fenêtre ouverte. On était à la fin d'avril. La caresse du soleil s'accentuait. La lumière était d'or. Un bien-être émanait des avenues plantées d'arbres, des petits jardins ouvriers, du moindre coin de terre où la végétation pouvait sourdre, s'étaler, s'exalter en feuilles tendres et en fleurs claires. Des parfums voltigeaient.

Et de suite, Clément, enthousiaste, chanta le printemps qui venait envelopper la jeune fille d'effluves.

Elle venait de terminer un roman, un livre triste sans doute. Elle gardait au coin de ses yeux la perle d'une larme. Et comme elle était heureuse d'une présence, peut-être attendue, un sourire errait sur son visage. Clément confondait, sous le charme qui berçait sa pensée, la jeune saison et la jeune fille. Le soleil et le sourire, les larmes et la pluie chaude d'avril, tout s'identifiait dans son esprit.

— Oui, c'est avril dans les champs et dans vos yeux, et, de la cassolette des premiers muguets suspendus dans les bois, comme des encensoirs d'argent, monte le parfum frais qui vous enivre.

Elle avait gardé son livre fermé à la main. Elle ne bougeait pas de son siège bas. Elle avait seulement ramené les bords de son corsage. Ils laissaient encore apercevoir trop de cou pour que Clément détachât ses yeux. Elle voilait les siens, et comme dans la rue, l'autre jour, ils avaient une palpitation courte des cils. Elle semblait boire, de sa lèvre découverte, l'air qui lui portait des mots grisants.

— Avez-vous remarqué que les parfums de la terre ne sont pas les mêmes au cours de l'année. Ceux des premiers mois sont naïfs et mièvres, comme l'enfance, comme la pureté. Ils font songer à des théories de robes blanches, ou des sonneries de cloches sur la ville endormie. Et les fleurs elles-mêmes qui les distillent sont blanches. Puis viennent les parfums de l'été, violents et capiteux. Ils ne caressent plus. Ils enivrent. Ils roulent des flots de joie et d'orgueil. Ils évoquent les grands triomphes, les possessions. Et la pourpre des roses, c'est le manteau royal des aurores heureuses qui traînent leur faste aux terrasses des jardins. A l'automne, les parfums sont lourds et las. Il s'y mêle un fond d'amertume. La coupe du bonheur est presque vide. Le vin puissant est renversé. Seul, reste l'or du métal qui resplendit comme une médaille du souvenir. Et c'est le temps des chrysanthèmes.

Constance écoutait, écoutait...

Et, à son tour, elle dit :

— Je ne confonds pas les parfums. Tous ont leur charme à leur heure, et il faut savoir les choisir. Ils forment une gamme, plusieurs gammes, sur le clavier des jours. Il y a des parfums aigus comme une note de soprano. Il en est de graves comme un son d'orgue : les uns apaisent, les autres énervent, d'autres inquiètent. Il en est qu'on ne peut respirer qu'un instant, comme on ne peut entendre qu'un cri de douleur. Il en est qu'on voudrait garder autour de soi comme un vêtement léger et comme la lumière flottante d'un soir.

— Aujourd'hui, Constance, quel parfum vous plairait ,?

— Aujourd'hui, je voudrais un parfum de mon pays, un parfum compliqué, mélangé, celui que nous apporte le vent quand il a joué sur les lavandes, secoué les vieux oliviers, entrouvert les grenades, fait frissonner les thyrses des vignes.

Alors, nettement, Clément eut la vision de la première causerie au seuil du chantier. L'âme antique de Gyptis animait la jeune Méditerranéenne.

Gyptis aussi avait respiré les parfums venus des plateaux rocheux où se tordent les pins. Quand elle avait marché droit à Euxène, les plis de sa tunique en étaient imprégnés.

Constance s'était mise debout. Elle était un peu courbaturée d'être restée longtemps assise. Elle tendait ses jeunes muscles et il lui arriva de lever les bras, les paumes ouvertes et rapprochées, de dessiner la coupe vers le rectangle du ciel printanier encadré par la fenêtre.

Clément s'était rapproché. Elle s'écarta de lui. Il fit encore un pas, prit doucement la main qui venait de prolonger l'évocation, fit le geste de la baiser. Et la main fuit, nerveusement. Mais les visages etaient tout près et sans que chacun sût quelle force invisible le poussait, les lèvres se joignirent.

Dans le même temps où Clément s'effrayait presque de l'audace où il était contraint, il sentait que la bouche de Constance était avide.

L'attente des derniers jours, la chanson des mots, un souvenir peut-être du livre fermé et tombé à ses pieds, la jetaient palpitante dans les bras de Clément. Elle haletait. Elle éloigna son visage pour retenir presque un long cri.

— Ah !

Elle ne se déroba pas aux baisers qui vinrent, pressés comme un essaim. Elle donnait toute sa bouche ; ses dents mordaient. Clément l'avait entourée de ses bras. Il sentait le jeune corps tour à tour versé comme une gerbe et tendu comme un arc.

Pourtant, quand il voulut oser une caresse plus précise, elle s'arracha de l'étreinte, elle courut à une chaise. Elle s'y fit toute petite, pelotonnée, les genoux serrés, la tête baissée, le visage durci.

— C'est fini, dit-elle, allez-vous en !

Il s'approcha, s'agenouilla, commença la litanie des mots tendres, un peu puérils, qui volètent comme des colombes. Il éleva son visage vers le visage fermé. Il fit plus appuyé son baiser. Le baiser fut rendu, mais il n'avait plus la même saveur. Constance répétait :

— Partez ! C'est fini !

Il vit bien que toute résistance serait fâcheuse, peut-être odieuse. Il se releva.

On frappait à la porte. Constance bondit, tordit d'un geste ses cheveux, qui s'étaient dénoués, marcha vers l'entrée, naturelle, simple, lointaine maintenant.

C'était Mme Brasset. Meusnier expliqua sa présence. Il était venu prendre des nouvelles. Mais il voulut fuir. Il était encore troublé, gauche. Il admirait le calme de Constance. Il en souffrait comme d'une offense à leur communion. Il salua, sortit, Constance l'accompagnait. Sur le seuil, retenant un instant la main jolie, la main qui avait dessiné la coupe, il murmura :

— A demain. Sortez de bonne heure. Passez par le cours.

Elle ne répondit pas. Ses yeux fermés se dérobaient.

Et, le lendemain, Clément attendit vainement la jeune fille. Il croisa de nombreux groupes qui venaient de la fonderie. Il retourna sur ses pas, vint jusqu'au portail de l'usine. Tout le personnel était parti.

Quand, un autre jour, il put rejoindre enfin Constance et lui reprocher doucement de s'être dérobée, elle sourit, et dit :

— J'avais pris un autre chemin.

— Pourquoi ?

— Pour éviter de vous rencontrer.

— Vous vous êtes donnée pourtant dans notre grand baiser ?

— Peut-être. Mais je me suis reprise. Je sais me reprendre.

Et ce jour-là il n'obtint rien de plus qu'un sourire.

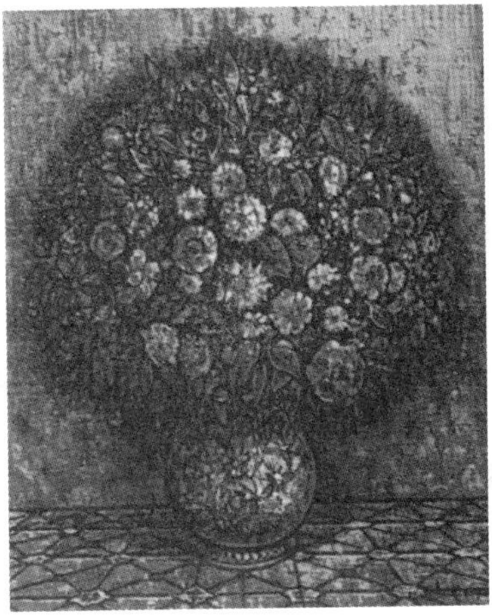

X

Méthodiquement, l'ingénieur Terpain réalisait son plan.

Tout d'abord, il s'était contenté d'alimenter la faim continuelle des hauts fourneaux que la Compagnie venait d'acheter, de verser dans leur gueule fusante les débris de fer, les minerais et la houille. Il produisait des projectiles de fonte, de grosses olives rugueuses et grises qui s'alignaient le long des bâtiments. Les anciens fondeurs furent rejoints bientôt par quelques mobilisés ; des gamins furent embauchés ; des femmes demandèrent de travailler à la fonderie. Aux femmes, on confia le soin de préparer les moules. Elles établirent le "noyau", la masse de sable sec et pressé autour duquel se cristallise le métal. Tout de suite, elles acquirent une grande habileté à ce travail. Le rendement augmenta.

La production de l'usine était prise par les petits ateliers de la ville qui tournaient l'obus, lui donnaient ses dimensions, le filetaient, le coiffaient du bonnet de bronze de la fusée.

Terpain voulut, dans les limites-mêmes de son établissement, faire l'usinage complet. Il fit niveler le terrain au bas du talus. Il appuya au plateau d'où pendaient les palmes des marronniers en fleurs, l'ossature de vastes bâtiments.

Les cadres étaient érigés, coulés en béton armé. Dès qu'on les dépouillait de leur enveloppe de planches, on remplissait les intervalles de briques pressées, et, sur les murs ainsi obtenus, gris et rouges, s'amollissait la courbe parfaite du toit clair de ciment. Bientôt la ronde des poulies et des tours s'élèverait là, nourrirait de son ronron l'ample bruit de l'usine, sans cesse augmenté.

Mais Terpain avait surtout donné son attention personnelle à l'amélioration du métal. Les conditions rapides de production ne permettaient pas d'envisager des méthodes physiques nouvelles. Le vieux haut-fourneau, amélioré par des monte-charge, demeurait le seul convertisseur possible du minerai. C'était dans la texture même du métal, dans la proportion raisonnée des molécules de carbone et de fer que résidait le problème présent. Et l'ingénieur avait organisé un vaste laboratoire, d'un genre nouveau, intermédiaire entre la salle de chimie et l'usine, avec des foyers en miniature, des fours réduits qui brassaient le métal, permettant d'observer sa cristallisation et sa dureté sur un lingot assez important. A mi-chemin, entre la coupelle et le four, le creuset révélait son secret. La fonte en sortait suivant la volonté du sidérurgiste, couleur d'argent ou de suie, cassante ou malléable, granuleuse ou lamellaire.

L'acier, le plus noble alliage qu'ait accompli l'homme, produit d'opérations multiples, demeurait le but lointain qu'il semblait impossible d'atteindre par le seul feu rapide du haut fourneau.

Pourtant, un jour, Terpain eut une joie. Il obtint à son laboratoire une pièce de fonte que la lime ne mordait qu'à peine et qui conservait pourtant assez de pureté et de souplesse pour n'être pas cassante. On allait pouvoir produire, d'un premier jet, un métal qui remplacerait l'acier, dans une limite encore restreinte au moins pour les grosses masses comme les roues de wagons.

L'ingénieur exultait. Il avait remporté une grande victoire pour la vie moderne, dont la fonte est le produit le plus indispensable. Il fit en grand l'expérience, fit charger un haut-fourneau suivant les proportions du laboratoire. Et, en attendant les résultats, il rôdait autour du monstre. Il contemplait les flancs larges où s'élaborait le métal. Chaque soir, il était présent à la coulée.

C'était un spectacle admirable, toujours nouveau pour lui.

Il visitait la plate-forme, à niveau du gueulard, regardait si la nourriture à jeter était prête, les wagons de minerai brun rouge, les wagons de coke, les wagons de pierre à chaux, le fondant. Un peu de fumée blanche errait sur un coin du cône d'obturation. Mais les gaz ne s'échappaient plus librement comme dans les hauts fourneaux anciens. Ils étaient recueillis au sommet de la cuve, suivaient un énorme couloir d'épuration, arrivaient aux appareils en trombe et y brûlaient dans les vastes chambres cylindriques garnies de terre réfractaire.

Terpain vérifiait la couleur de la flamme.

C'était comme le jet coloré d'un cratère organisé. Les gaz flambaient d'un coup, en masse, gros comme le corps d'un homme. Les molécules enflammées se précipitaient, se bousculaient, mêlaient l'écheveau de leurs traits de lumière. Sous la poussée sans cesse accrue, c'était une chevelure de feu qui se tordait, s'irradiait, comme dans un désir insensé d'atteindre les parois lointaines de brique.

Les gaz variaient de composition et de pression et les nuances de la gerbe de lumière changeaient incessamment. Il y avait des tons rouge sombre, des éclairs pourpres d'une richesse et d'une magnificence infinies. Et, d'un coup, la flamme devenait rose tendre, rappelait les pétales des pêchers. Puis, des irisations couraient. Des écharpes mauves se fonçaient à leur tour. La flamme s'arrondissait comme une énorme améthyste, se dispersait en flammèches violettes, s'éparpillait en grains de chrysolithe. Dans la chambre obscure où sifflaient les gaz, des reflets couraient, évoquant tour à tour l'agonie d'un beau soir, une nuit d'orage, l'incendie d'une meule. C'était toute la splendeur, toute la subtilité de coloris du feu, enfin arraché aux entrailles des volcans, jugulé dans sa haine, amené comme un esclave enchaîné, contraint de lécher la paroi qui l'emprisonnait, mais emporté parfois et furieux, hurlant de colère, secouant sa crinière d'or, comme un lion de Numidie en cage.

Cette force était impuissante. La flamme gigantesque communiquait seulement sa chaleur aux flancs de l'appareil, en imprégnait les briques réfractaires. Alors la soufflerie faisait circuler de grandes masses d'air qui s'échauffaient à leur tour, atteignaient une température inouïe, arrivaient ensuite aux tuyères en ouragan, aidaient le minerai à fondre.

Tout cela s'accomplissait sans arrêt, presque sans être perçu du dehors, comme une formidable circulation de sang et d'air, réglée par le cœur et les poumons puissants de la machinerie.

Vers sept heures, le contremaître disait un mot à Terpain. Alors, l'ingénieur se plaçait au pied du haut-fourneau, sous le hall élevé comme une nef avec ses poutrelles dessinant l'ogive.

Tout d'abord, sur le côté, on évacuait les laitiers. Le souffle incessant des tuyères les chassait de la dame en une gerbe étincelante, énorme. Leur galopade se continuait un instant sur le plan incliné jusqu'à la rigole où ils plongeaient, buvaient de l'eau, la transformaient enfin, se calmaient, suivaient alors le courant.

Le métal était débarrassé de son vêtement de gangue. Il attendait qu'on lui ouvrît le lit de sable des moules.

Un ouvrier attaquait le tampon d'argile qui, au trou de coulée, flamboyait en gueule minuscule, au bas du monstre. Doucement, doucement, comme un reptile issant d'un vieux tronc d'arbre, la fonte commençait à couler. Un filet d'or éblouissant suivait la pente de terre noire, serpentait, entourait des petits îlots de blé, les submergeait, continuait sa route.

Et, tout à coup, une étoile montait de la masse de lumière, puis deux, puis un bouquet d'étoiles. Des parcelles de charbon, au contact du métal liquide, s'enflammaient, étaient projetées en l'air, éclataient dans un grésillement continuel, distribuaient dans un court rayon des traits de feu.

A la sortie du trou, la fonte se hâtait maintenant. Le serpent de feu s'élargissait, ondulait sous de nouvelles vagues de métal, atteignait le rectangle des moules, le flairait d'abord, puis entrait timidement dans le chemin plus profond du centre.

Une impatience semblait animer le haut-fourneau. Le jet devenait puissant, s'éloignait du pied, allait alimenter plus loin la rivière d'or. Et le monstre soufflait, soufflait, se mettait à cracher des étoiles.

Dans les moules, les rutilances s'apaisaient. Le métal se distribuait sagement, régulièrement, d'un côté, de l'autre. Un instant, les nuances de feu se maintenaient entre les barreaux de sable noir. Puis les hommes jetaient du charbon menu. Des étoiles jaillissaient encore, et, quand elles étaient disparues, la fonte était ensevelie sous sa robe grisâtre.

La coulée finissait. La gueule de triton retenait un filet incandescent. Pendant un instant encore, l'homme armé du ringard, qui surveillait le ruisseau, paraissait immense, occupé à quelque diabolique besogne. Son visage couvert de lunettes noires, avait dans le bas une teinte de cuivre. Puis les clartés s'atténuaient. L'homme redevenait petit et se confondait à l'ombre du hall. Aux vitres, une dernière teinte rose mourait...

XI

Nos souvenirs sont comme les campagnes de notre esprit. Elles l'entourent de leurs vallonnements, de leurs cimes, de leurs allées reposantes et de leurs chemins rocailleux. Et l'esprit a le libre choix de rechercher tel ou tel aspect, triste, mélancolique, calme ou joyeux. Il ne manque pas d'obéir à des habitudes vite acquises. De même qu'un promeneur reprend tout naturellement la route qui l'a conduit vers un coin de terre imprévu, l'esprit retourne avec élan aux tableaux du souvenir.

Dès que Clément Meusnier était seul et même simplement lorsqu'il avait la faculté de s'isoler moralement, il revivait avec une parfaite netteté la scène du baiser. Cela avait été — il se l'avouait maintenant — une victoire imprévue, ou tout au moins d'une soudaineté imprévue.

Tout amour qui commence regarde un magnifique horizon. Mais l'horizon n'a pas de bornes et les distances ne peuvent être appréciées, on ignore, au départ, à quel moment on atteindra les sommets et même où ils sont placés. Clément n'avait jamais osé prévoir que Constance accepterait ses lèvres, ni fixer d'avance la date de cet événement.

Il lui plaisait de retourner à son état d'âme antérieur, à la perplexité où il s'était complu longtemps. Il comparait ce moment à l'heure crépusculaire. On est alangui auprès de la fenêtre, en face de cette vaste mélancolie de la mort du jour à laquelle pas un être ne résiste. On sait que la lampe est prête, là, sur la table; que la clarté d'or fera sourdre les meubles amis et qu'il fera bon vivre dans leur intimité. Et l'on ne fait pas un geste, on attend; c'est un instant délicieux.

Clément se transportait au moment où la clarté d'amour n'avait pas encore brillé. Il recherchait des attitudes, des consonances qui auraient dû lui indiquer que Constance était émue, prête à aimer. Il reprenait la scène comme au théâtre. Il notait les détails les plus minutieux. Il replaçait Constance sur son siège bas. Il aurait pu compter les plis que faisait sa jupe. Il la faisait écouter. Il retardait le grand moment de l'étreinte dans son souvenir pour mieux le goûter tout à l'heure. Il faisait comme les amants qui trouvent une volupté à se désenlacer, à s'éloigner pour se ressaisir avec plus de ferveur. Il était tout à fait là-bas dans le petit logement de Constance. Il se reculait un peu. Il arrivait à se dédoubler. Il se regardait agir. Alors, il précipitait l'action. Clément — le Clément qu'il voyait — s'approchait de Constance, lui prenait les lèvres, et elle rendait le baiser.

Vingt fois, cent fois, il retourna à ce souvenir. Il y trouvait une fraîcheur qui l'enchantait. Il s'était cru blasé auparavant. Et voilà qu'il s'élançait vers son rêve comme un enfant court à une source claire au bord du chemin.

Il vivait d'autant plus avec sa pensée que Constance paraissait le fuir. Pudeur de la jeune fille que l'émoi des sens a entraînée ? Mais en même temps il songeait à ce que pouvait avoir d'influence une telle surprise. Quelle part restait-il au cœur ? Et il apercevait bien que la joie de tenir la gerbe magnifique du jeune corps dans ses bras serait presque anéantie si Constance n'avait été que la victime du trouble jeté sur la terre par le printemps. Or, elle avait dit :

— Je sais me reprendre.

Et ils n'avaient plus eu une minute de causerie intime. Maintenant, elle sortait toujours de l'usine avec d'autres filles. Le travail était devenu plus intense ; beaucoup de femmes avaient été embauchées. Leurs rangs pressés encombraient quelques minutes le quai du fleuve, à la sortie. Clément, devant l'obstination de Constance à le fuir, ne vint plus vers la fonderie.

Mai, presque entièrement, s'écoula au sablier de l'ennui. Le printemps, dans une grande partie de la France, s'établit comme avec effort. Il est combattu par des retours violents du froid et voilé par des rideaux de pluie. La terre était parée pour l'enchantement de l'été, et voilà qu'elle voit sa robe souillée. Les yeux bleus de ses étangs redeviennent glauques. Alors elle cache, dans l'écrin de velours vert des herbes, la parure de ses fleurs et elle attend.

Clément Meusnier attendait également le retour du soleil. Il se donnait à sa besogne, au moment où elle pouvait, d'ailleurs, devenir intéressante.

Après plus de deux mois de labeur acharné, l'immense atelier militaire était sorti de ses fondations. Il grandissait comme poussaient les blés dans les champs sous la pluie de mai. Trois immenses murs couverts de pierres plates ouvraient vers la campagne un U qu'on n'était pas encore décidé de clore. L'Armement amplifiait ses desseins au fur et à mesure que la guerre durait. Les propriétaires, à l'ouest, étaient informés qu'on allait sans doute prendre également leurs champs. La pyrotechnie couvrait l'espace d'une ville.

On croyait assister de nouveau à la fondation de Carthage.

Les bâtiments, à l'entrée, étaient achevés, couverts de leurs tuiles gaies; plus loin, par rangs, d'autres s'élevaient qui n'attendaient que les charpentes. Puis venaient ceux, à peine commencés, qu'on entourait d'échafaudages. Enfin, plus loin, les quadrilatères de béton dans le sol marquaient de nouveaux emplacements. C'était comme un plan de démonstration présentant les constructions à leurs divers points de perfectionnement.

Des routes, larges et bombées, passaient entre les bâtiments, les séparaient, les entouraient. Les carrières ouvertes dans les côtes voisines produisaient des quartz blancs que des trains incessants amenaient. Les pierres étaient broyées mécaniquement; les voies étroites permettaient aux wagonnets de les répartir en couche épaisse sur le ruban des chemins. Et le cylindre mugissant de quinze tonnes n'avait plus qu'à les enfoncer dans la terre meuble des champs défunts, à en faire une croûte lourde et blanche qui arrêtait toute la végétation.

Clément Meusnier allait vers chaque coin du chantier, portait un plan, notait la réclamation d'un chef. Les frères Durquoy étaient loin, à leurs autres travaux. Mais les rapports quotidiens les renseignaient sur la situation exacte de la construction. Ils transmettaient leurs ordres, et, un instant, l'employé Meusnier avait l'illusion qu'il était lui-même le bâtisseur de la cité puissante où le fer et le feu seraient asservis.

Mais que pensait la jeune fille qui, renouvelant le geste antique, était venue lui apporter l'hommage de la population ? Pourquoi Gyptis-Constance s'était-elle ressaisie et comment tenter de la reprendre ? Clément sentait bien que ce n'était pas par la seule ressource de furtives rencontres, en accompagnant la petite employée pendant quelques centaines de mètres. Il leur fallait l'intimité d'une longue causerie, une promenade, un repas en commun. Et Clément aida le hasard.

— Pourquoi ne venez vous jamais à la campagne, lui dit un jour Brasset ? Le dimanche est odieux en ville. Rester au café ! Traîner à la terrasse ! En voilà un Parisien. Nous accompagnerez-vous un de ces jours ?

— Où irez-vous ?

— N'importe où. Choisissez vous-même.

— Je ne connais pas le pays.

— Raison de plus de le parcourir.

— Y a-t-il des forêts dans les environs ?

— Je crois qu'oui. À deux ou trois stations d'ici.

Clément ne laissa plus choir le projet. Il rencontra fréquemment Brasset dans les jours suivants.

— Eh bien, cette excursion ?

— Dimanche prochain, s'il fait beau.

Il fallait rencontrer Constance Rémo, la prier de se joindre aux promeneurs, faire en sorte que sa présence fût naturelle. La jeune fille continuait de passer, vite, toujours accompagnée. Le samedi, l'invitation n'était pas encore faite. Alors Clément s'enhardit, s'arrêta, et malgré la présence des compagnes de Constance, lui dit :

— Je vous demande pardon. Avez-vous vu Mme Brasset, cette semaine ? Elle avait projeté de déjeuner à la campagne, allez donc chez elle ce soir.

— Merci ! J'irai. Il faut justement que je la voie. Bonsoir, Monsieur.

Il resta inquiet. Les Brasset inviteraient-ils la jeune fille à se joindre à eux ? Accepterait-elle ? Il dormit mal, dans la double inquiétude de manquer le train, qui était de fort bonne heure, et de ne point trouver à la gare celle qu'il y souhaitait rencontrer.

XII

L'air était vif et Clément Meusnier qui se hâtait vers la gare avait relevé le col de son pardessus. Cela lui maintenait la tête droite et l'empêchait d'amuser son regard aux mille détails d'une ville, encore endormie alors qu'il fait déjà grand jour. Le soleil levant caresse les toitures et le haut des maisons, tandis que dans les rues, sur les trottoirs déserts, erre encore une clarté qui se souvient des blancheurs lunaires de la nuit ; la ville entière est comme ces grilles somptueuses des demeures princières dont chaque barreau argenté se termine par une lance d'or. Les magasins étaient fermés, toutes les persiennes étaient closes; Clément méprisait un peu le sommeil sans rêve où s'attardaient les habitants, quand la vie offrait la jeunesse et l'espoir de ses aubes.

Une dernière anxiété lui mordait le cœur. Il allait bientôt savoir si Constance était venue, et, quand au milieu de la chaussée où il marchait pour mieux voir, il l'aperçut debout sur les marches de la gare, son cœur s'apaisa et une immense félicité entra en lui.

Elle l'avait attendu, dehors, pendant que les Brasset

prenaient les billets. Elle devait elle-même être un peu émue, mais elle prenait soin de n'en rien faire connaître. Elle restait silencieuse et peut-être plus grave qu'il ne convenait au milieu des éclats de voix et des rires du groupe des promeneurs.

— Mon cher, disait Brasset, vous avez failli nous faire rater le train.

— Quel paresseux ! renchérissait Mme Brasset.

— Mais je n'ai guère dormi de la nuit.

— Alors votre cas est bien plus grave.

Les deux femmes montèrent en wagon avec cet élan qui, tendant les muscles et allongeant le corps, révèle tant de grâce. Sournoisement Clément attendait un envol de jupons pour apercevoir le mollet de la jeune fille et il ne fut pas trop mal récompensé de cette attente.

On était, comme il est de coutume le dimanche matin, fort serré et l'arrivée à la seconde station fut une délivrance. Constance sauta gentiment sur le quai et courut dehors. Elle oubliait de remettre son ticket. Elle se hâtait de s'installer dans la voiture de service qui attendait, à chaque train, dans l'espoir trop souvent déçu de prendre des voyageurs et de les égrener jusqu'au chef-lieu de canton voisin.

Les vieux coussins de toile cirée craquelés n'avaient jamais été autant bousculés. Constance les époussetait d'un journal plié, s'asseyait bientôt, rejointe par Clément, et les Brasset interpellaient le vieux conducteur qui sortait de la petite gare, courbé plus par l'âge que par le poids du sac de lettres qu'il portait.

On devait partir tout de suite, c'est-à-dire quand le cocher, sous prétexte de commissions, eut visité les deux auberges qui avoisinaient la station. Il ne pouvait guère agir autrement. Dans les campagnes, le premier habitant qui a l'idée d'ouvrir un débit est immédiatement imité. Bâtirait-il à l'orée d'un bois qu'il aurait dans l'année un concurrent. Heureusement la série se borne à deux établissements; mais ils mettent tant d'acharnement et de haine à se nuire, ils emportent le pays pour de telles oppositions que la véritable sagesse pour les consommateurs consiste à les fréquenter tous les deux.

— Pas de jaloux ! disait le conducteur. Une goutte chez Jean qui pleure, une goutte chez Jean qui rit.

Les deux aubergistes offraient physiquement un tel contraste, l'un obèse et hilare, l'autre décharné et hypocondriaque, que le mot devenait amusant. Le vieux Gaspard le répétait, à dire vrai, fort souvent et l'habileté qu'il mettait à tenir l'équilibre entre les concurrents lui faisait perdre le sien.

Ce matin, sa philosophie ne s'extériorisait pas qu'en chansons. Il y avait tant de gaieté dans la lumière du ciel et dans celle que les jeunes feuilles réverbéraient que sa jeunesse lui remontait aux lèvres, dans des refrains qu'il scandait du claquement de son fouet.

Quand je vis Madeleine
Pour la première fois...

Et Constance aussi chanta.

Elle suivait l'exemple des oiseaux qui entamaient de partout, leur hymne à la vie. Elle se sentait délivrée de sa cage, de l'usine enfumée, de la ville de fer, de toute cette coutumière ambiance qui l'oppressait et l'écrasait. Elle respirait à pleins poumons. Jamais l'air ne lui avait semblé si bon à boire. Elle découvrait des dents blanches de jeune louve. Ses lèvres et la conque de ses oreilles étaient adorablement roses.

La voiture montait une côte ; la route serpentait et les chevaux, habitués à diminuer leur effort, augmentaient encore la fantaisie du trajet, accomplissant des méandres continuels. Ainsi, le regard des promeneurs errait dans un temps très court vers les deux déclivités qui partaient de la route. A gauche, une vallée infinie où se perdait le ruban clair du fleuve. A droite, un val sombre où moutonnaient des arbres.

Constance chantait et, par une opposition dont il lui eut été difficile de pénétrer le sens, ce n'était pas un chant de joie qu'elle avait choisi. C'était une manière d'ode aux morts de la guerre, d'une inspiration presque religieuse et que Clément n'avait jamais entendue. Les premières notes étaient sourdes ; elles semblaient se répéter comme les souffrances qui s'étaient abâttues sur le monde ; elles s'entassaient ainsi que les cadavres dans les plaines, puis, comme un sanglot, une phrase musicale s'élevait, s'élevait. Mais ce n'était pas un cri. La douleur était-elle impuissante à se maintenir ? S'apitoyait-elle sur d'autres douleurs voisines ? Ne consentait-elle pas à quitter le spectacle atroce de la terre ? C'étaient encore des notes basses et brisées, comme un vol d'oiseau qui s'achèverait, aussitôt le sol quitté, dans un grand frémissement d'ailes. Clément songeait à ces plantes merveilleuses, au centre des parterres, dont les tiges s'élancent avec vigueur. Sous le vent, les plantes se froissent et se replient, retournent vers le gazon et les fleurs éclatent tout de même, au bout des tiges brisées. La fin du chant fleurissait en grâce. La douleur s'était écrasée dans ses voiles noirs. Elle cachait son visage. Elle cherchait le sommeil et l'oubli.

Constance se tut. On dévalait maintenant et on arrivait à un village. Au bas du pont de pierre ancien s'élargissait un étang. D'une propriété voisine, des arbres laissaient pendre leurs branches. Des fleurs, en grosses boules blanches, allaient baiser l'eau calme. Constance les montrait. Il fallut arrêter et Clément se précipita, descendit sur la berge pleine de rosée, fit un bouquet. La jeune fille lui prit les tiges des mains et leurs doigts se mêlèrent un instant. Elle enleva son voile, son petit chapeau. Elle piqua des pétales blancs dans la masse de ses cheveux bleutés. Elle mit des fleurs à sa ceinture. Et plus que toutes corolles, son sourire éclatait.

Bientôt, au mouvement de la voiture, les pétales s'envolèrent ; les feuilles se flétrirent. Il ne resta plus que la fleur des lèvres, de laquelle Clément ne parvenait pas à détacher ses yeux.

— Que c'est beau ! Que c'est beau !

De la chaussée qui traversait la forêt, le regard plongeait dans une clairière. Un marais étalait son miroir où tremblaient les joncs. Des fleurs d'or flambaient comme des bijoux semés par les fées de la nuit. Autour de l'eau azurée montaient des près, jusqu'aux fûts des arbres centenaires. Le soleil, tamisé par la dentelle des bouleaux, n'arrivait pas jusqu'au centre du cirque de verdure où dansaient les essaims d'abeilles. Les quatre promeneurs criaient leur joie d'être là, repaissaient leurs regards, faisaient une moisson d'images.

Ils s'étaient arrêtés au bourg voisin, avaient fait une rapide collation dans la salle basse aux poutres apparentes, aux murs crépis à la chaux que décoraient les éternels tableaux : le Coq chantant sur le Crédit mort, le Chemin de la vie et les portraits des présidents de la République.

Tout de suite, ils étaient partis à pied vers le bois. Il était dix heures environ, la journée augmentait de splendeur. On sentait que l'eau était proche.

Brasset voulut pêcher, s'assit sur la chaussée, sortit un attirail propre à effrayer les grenouilles plus qu'à les prendre.

Mais déjà Constance courait. Elle avait laissé son manteau à l'auberge. Elle était en chemisette blanche de linon, largement échancrée, qui révélait le volume éblouissant de ses seins et laissant jaillir sa nuque ambrée de fille brune. Clément pensa à des scènes de Fragonard, à des insectes indiscrets qu'il faudrait aller chercher en des profondeurs exquises. Mme Brasset et Clément Meusnier allaient de concert dans l'allée, sous le dais des feuilles tendres, un peu gênés, sentant avec évidence qu'ils n'avaient, eux, rien à se dire. Mme Brasset se déclara lasse, s'assit sur une souche de chêne.

Et, tout d'un coup, Constance prit nettement sous bois, perpendiculairement au chemin. Clément continua encore de marcher, mais chaque pas augmentait son émotion. Il sentait que la femme assise pouvait encore l'apercevoir et pourtant il ne résista pas. Plus tôt qu'il n'eût fallu peut-être, il abandonna le chemin, marcha par une ligne courbe vers Constance. Elle allait comme une jeune faunesse, libre, heureuse. L'âme de la forêt parlait à son âme. Elle participait à la vie sauvage et ardente qui l'entourait. Dans le sentier où les feuilles du précédent été feutraient ses pas, elle avait des sautillements et des élans empruntés aux bestioles qu'elle faisait envoler.

Clément fut à son côté, essaya de lui parler, haletant de la course, voulut lui prendre la main qu'elle avait brûlante. Elle la retira presque violemment.

— Vous êtes fou.

— Constance, écoutez...

— Vous ne comprenez donc pas qu'on nous voit...

Elle avait le visage dur, la voix âpre. Clément regarda

la bouche qu'il avait longuement baisée et qui maintenant se refusait. Quelle étrange fille ! Voilà qu'elle le malmenait comme un intrus et qu'elle le fuyait. Elle s'était lancée en avant. Elle avait relevé sa jupe légèrement. Elle foulait les petites tiges du sous-bois, mais les branches basses la souffletaient au passage, les fourrés ralentissaient sa course. Elle les contournait, perdait du temps. Clément avait hésité, partagé entre le dépit et le désir de s'expliquer.

— Constance, Constance, attendez !

Il était près d'elle ; elle s'échappait encore d'un effort plus grand. Une mèche de cheveux s'était défaite et pendait dans le cou. De côté, Clément voyait qu'elle avait la joue en feu. Quelle terreur l'emportait ? Cela devenait ridicule. Mais le ridicule compte-t-il entre deux êtres, lâchés dans la grande nature, retournés à l'état primitif, par un complot sourd des choses.

Elle fuyait. Alors il courut également. Une colère montait dans son cerveau que l'afflux de sang martelait. Où cette petite folle allait-elle l'entraîner ? Retrouveraient-ils ensuite leur chemin ? Il éleva la voix, répercutée par les fûts des vieux chênes :

— Constance, nous allons nous perdre.

Elle n'entendait pas ou ne comprenait plus. Elle tenait d'une main sa jupe froissée, relevée jusqu'au genou, montrant ses jambes longues et nerveuses. De l'autre main, elle écartait les branches et les buissons. Elle allait d'une course enragée. Tout de même elle perdait du terrain. Il se fâcha :

— Constance, voyons, arrêtez-vous.

Elle allait sans doute s'échapper à nouveau. Elle arriva vers un de ces fossés profonds que l'on creuse en forêt pour dériver les sources. Elle pensa le franchir. Elle s'élança, mais son pied tourna et elle s'abattit sur le talus avec un grand cri.

Clément s'approcha. Il la vit crispée, torturée.

Sa colère tomba. Il s'agenouilla. Il parla et sa voix se fit caressante :

— Vous souffrez beaucoup, petite amie?

— Laissez-moi, laissez-moi !

— Mais non, je ne veux pas vous laisser.

Elle avait encore le visage égaré. Un peu de terreur y subsistait, mêlée à la douleur. Il eut vraiment pitié. Il se releva et s'éloigna légèrement.

— Voyez, je ne vous importune plus. Tout à l'heure nous reprendrons notre chemin, si nous le retrouvons. Défaites votre chaussure. Reposez-vous avant de vous mettre debout.

Elle l'écouta enfin. En couvrant avec soin sa jambe de la jupe, elle délaça sa bottine. Son pied n'avait pas grand mal. Elle la massa elle-même par dessus le bas aux mailles fines. Elle ne parlait pas. Et Clément se taisait également, attendait.

Elle arrangea ses cheveux, faisant saillir sa poitrine en levant les bras. Elle avait eu très chaud. Vers l'aisselle, la chemisette était trempée. Un peu de calme revint. Elle se rechaussa. Il fit un geste pour l'aider à se mettre debout. Elle dit :

— Non !

Et d'un mouvement prompt elle se releva. Mais restait appuyée d'une main à un tronc de hêtre. Elle essaya de faire un pas, y parvint. Si elle souffrait encore, il n'y paraissait plus, par un grand effort de sa volonté.

— Allons, maintenant.

Clément essaya de s'orienter, reconnut la direction qu'ils suivaient au moment de la chute de Constance. Il comprit que, dans leur course obstinée, ils n'avaient point suivi la ligne droite, qu'ils avaient fait des zig-zags et des angles. Il s'en remit au hasard et ils marchèrent.

Ils arrivèrent à une petite allée et la prirent. Le sentier était pour Constance plus doux à suivre que le sous-bois qui la faisait un peu boiter. Elle refusait encore toute aide. Elle allait devant, muette, la tête un peu basse. On l'eût dit confuse. Ils marchèrent ainsi pendant un temps qui leur parut assez long. Enfin, ils débouchèrent dans un espace vide d'arbes, à la croisée de plusieurs chemins.

Une hutte de branchages et de terre, bâtie par des charbonniers ou des bûcherons, offrait l'abri d'une couche de fougères sèches. Clément insista pour que la jeune fille s'asseye. Il chercherait une indication. Il réfléchirait.

Alors seul, il s'aventura dans un sentier. Le soleil était haut maintenant. Le toit infini de la forêt semblait formé d'une poussière d'or vert, et des particules atteignaient les élytres des insectes qui volaient au ras du sol et qui apparaissaient brillants ou ternes suivant qu'ils traversaient une tâche de lumière où s'en éloignaient. Clément qui eût goûté en un autre temps le charme et la majesté des bois, y était insensible, obsédé par une unique pensée, maintenant, celle qu'ils s'étaient égarés et qu'ils ne sortiraient plus du lacet des chemins.

Un instant, il redouta même de perdre de vue la hutte où était Constance. Il n'osa pas continuer longtemps dans la même direction. Du reste comment trouver une indication ?

Il revint, les bras tombés. Il était découragé. Il sentit qu'il avait grand faim et tira sa montre : elle était arrêtée, sans doute par un heurt de la course. Il lui sembla que des heures avaient coulé depuis leur aventure ridicule. La voix de Constance lui parut un son délicieux comme s'il eût habité un désert pendant des ans.

— Eh! bien ? questionnait-elle.

— Nous sommes complètement égarés,

— Que va dire Mme Brasset ?

Il se moquait bien de cela. L'essentiel était de quitter cette clairière maudite, de piquer droit vers le bourg, de marcher dans la même direction durant deux, trois kilomètres pour sortir des arbres. Seul, il aurait pu tenter la chance. Mais avec la jeune fille...

Il la regardait prostrée, l'aile de ses grands cils fermée. Il s'éloigna de nouveau de la hutte, il ébranla l'air calme et chaud d'un appel.

- Hé ! hep! ...

Sa voix lui revenait en écho ! il recommença plusieurs fois, sentant l'inutilité de son cri. La forêt silencieuse les enserrait. Ils étaient murés dans la verdure. Il s'assit à son tour, sur la bruyère, désespéré.

Et, d'un fourré, un être sortit, un homme sans âge apparent, habits déchirés, barbe blonde hirsute, chapeau enfoncé sur les yeux. Clément se dressa, avec l'espoir d'une délivrance.

— Dites donc, l'ami !

L'individu déguenillé continuait son chemin, passant devant eux, sans les regarder. Il dit seulement, se parlant à lui-même :

— Je sais de belles fleurs, je sais !

Clément se toucha le front, soufflant à voix basse, vers Constance :

— C'est un dément.

Leur dernier espoir était anéanti. La jeune fille se leva cependant et conseilla :

— Suivons-le tout de même. Les fous ont quelquefois raison.

Le pauvre être prit un sentier derrière la hutte. Il allait, léger, insensible aux égratignures des branches. Il se retourna, vit qu'il était suivi et recommença sa confidence !

— Je sais de belles fleurs...

— Eh! bien, où étiez-vous ?

Mme Brasset s'étonnait à peine, plutôt attentive à ce que sa question ne parût pas indiscrète. Elle trouvait presque naturel que le couple se fût égaré et elle n'acceptait que par politesse les explications que Clément Meusnier commençait.

- Allons plutôt déjeuner !

Le repas fut fort maussade, non que la chère fût mauvaise, mais parce que les Brasset faisaient à peu près seuls les frais de la conversation. Clément, face au chromo du mur, songeait aux étapes du Chemin de la Vie. Un couple enlacé avait gravi les degrés de l'escalier symbolique. Il régnait sur une campagne bien peignée. La jeune femme, en robe blanche, paraissait langoureuse et abandonnée. Elle était serrée contre le maître qu'elle s'était donné. Celle-là n'aurait pas fui, à travers la forêt, comme une bête traquée. Et Clément, reportant les yeux sur Constance, redevenue calme et presque souriante, se demandait s'il parviendrait jamais avec elle sur la marche d'amour de l'escalier.

— Je vous ai fait beaucoup de peine ?

Constance s'était assise sur le talus, les jambes pendantes dans le fossé qui bordait la forêt, protégée par l'ombre longue des arbres géants. Brasset était retourné à sa pêche infructueuse : sa femme ramassait dans les espaces découverts des orchis tachetés dont les fleurs violettes ont des reflets pourprés et des gléchomes aux corolles naïves comme des yeux bleus d'enfant. Clément était venu s'asseoir sur la bruyère, appelé par la jeune fille. Une gêne continuait à planer. Elle répétait la question :

— Je vous ai fait de la peine ?

— Pourquoi, Constance, avez-vous fui ?

— Je ne sais pas !

— Il y a en vous des étrangetés qui m'effraient. Vous aviez consenti à cette promenade pourtant ?

— Oui !

— Vous vous doutiez bien que mon désir était d'être seul avec vous. Et je venais ce matin à votre rencontre, l'âme en joie. Mes mains qui se tendaient vers vous étaient pleines d'amour. Il me semblait que je vous présentais une corbeille de fruits magnifiques et lourds. Et mes bras sont maintenant lassés...

Pourquoi avez-vous fui ?

— Et pourquoi m'aimez-vous ?

Elle avait parlé doucement, presque tendrement. Elle donnait à ce regret un démenti par la caresse des mots. Clément la regardait et ne trouvait plus de traces d'hostilité ou de crainte. Elle avait seulement le regard lointain, un peu fixe. Se donnait-elle une contenance pour parler librement, pour ouvrir la chambre de sa pensée ?

— Pourquoi je vous aime ?

— Oui, pourquoi ? Je suis une sauvage. Vous ne pouvez pas comprendre. Je ne sais pas moi-même. Une force m'emportait ce matin quand vous vous êtes approché.

— Vous ne vous étiez pas dérobée au baiser, chez vous. Vous avez donc changé d'âme ?

— Je n'ai pas changé. Il ne faut plus m'aimer, voilà tout.

— Suis-je libre de ne plus vous aimer ?

— On est toujours libre.

— Non ! Constance. Et vous-même vous n'êtes plus libre de refuser mon amour. C'est parce que vous n'aviez plus cette force que vous avez couru. Ce n'est pas à quelqu'un que vouliez échapper...

— A quoi alors ?

— A notre souvenir !

Et comme le matin, à la lisière des bois, le fou parut.

Il allait mystérieusement répéter son secret aux grillons du sentier après l'avoir confié aux hôtes de la forêt. Il parlait en se baissant.

— Je sais de belles fleurs....

Il marchait droit aux étangs, peuplés de roseaux et de joncs, qui miroitaient entre des fûts d'arbres.

Clément et Constance se levèrent, le suivirent comme le matin. "Les fous ont quelquefois raison", avait prononcé Constance. Leur amour avait rencontré un guide. Il les avait déjà sauvés.

Le fou approchait de la berge, élevée en cet endroit, s'agenouillait, joignait les mains, inclinait son visage, dans une pose d'absolue adoration. Au-dessous de lui, sur l'eau limpide qui révélait les fonds tranquilles, entre les îlots minuscules de leurs feuilles, des nénuphars éclataient, blancs, vert et or.

Constance tendit la main, en un geste de mutine envie. Clément chercha une branche, détruisit la transparence de l'eau, brisa les tiges profondes, ramena des dépouilles, et, tandis que la jeune fille s'enfuyait avec des fleurs mourantes, le fou dressé, hagard, poursuivait le couple des ravisseurs en lui crachant des injures et lui jetant des pierres.

XIII

Clément devint poète.

Jamais, comme à présent, le charme de la ville ne lui était apparu avec autant de diversité.

Il lui était arrivé souvent, les soirs, lorsque le chantier était fermé, de quitter l'agglomération, d'aller droit à la campagne, dans un besoin d'espace et de solitude. Alors il montait par des routes blanches, par des sentiers à moitié ensevelis sous les buissons. Il croisait les couples attentifs à confondre l'image de leur pensée, le battement de leur cœur et le rythme de leurs pas. Il allait jusqu'au pied des villages qui s'enténébraient d'obscurité et de silence. Et tout à coup, il se retournait. Il avait marché pour fuir la ville. Il redescendait vers elle, lentement. Elle étalait devant lui, dans le crépuscule, ses intimités et ses magnificences.

Le dernier flamboiement de vitre, vestige de l'incendie du couchant, était à peine éteint que des lueurs commençaient à briller, de-ci, de-là, d'abord isolées, trouant le soir nacré de leur scintillement. Puis un rang entier de lumière apparaissait, un autre rang. Une ligne de feux jalonnait une voie. Des ponctuations se précisaient. Des constellations se formaient qui prenaient leurs formes définitives et ne devaient plus être dérangées de la nuit.

Au centre de la ville, les lumières se heurtaient, se confondaient presque comme les étoiles de la voie lactée. Les boulevards, les avenues, les cours, les rives du fleuve se dessinaient dans leur double garde de réverbères. Et de ce cœur lumineux partaient des lueurs, le long des routes, comme si des porteurs de torches s'étaient échappés et distancés, en fuyant vers les lointains violets.

Tandis que les deux lycées, le musée, des écoles, un couvent découpaient les rectangles réguliers de leurs fenêtres dans les clartés jaunes et douces, apaisantes et fixes, un hôpital allumait, comme à un chevet de mourant, un cierge languissant. Les gares étaient surmontées d'étoiles puissantes, rouges et vertes, rouges comme les destinées dont elles marquaient l'étape vers la lune et

vers la mort, ou vertes comme une indication de l'espérance tenace des hommes. Cet éclairage violent, sous les vitrages, c'étaient les lampes à arc de l'atelier Fanchon. Et, dominant tout, attirant le regard, comme la montée de la lune dans les bois, s'étalaient sous les halls aux vitres bleutées les mille lumières des usines de la Compagnie française des Fontes, et celles proches, séparées seulement par le fleuve, de la Fonderie réorganisée.

C'était comme une illumination de fête ou de féerie. Les lumières couraient en rampe, s'amollissaient en guirlandes, montaient en arcs. Les constructions de briques et de fer, obscures et tristes pendant le jour, prenaient des aspects de palais. Les verres dépolis augmentaient la diffusion de la clarté intérieure, la répandaient sur toutes les façades, en nappes laiteuses, les hangars s'emplissaient de clartés par la coulée ou par la manœuvre des lingots incandescents. Les toits paraissaient vouloir peser sur ces lueurs, les contenir, les restreindre. Mais elles leur échappaient, s'élançaient vers les bâtiments voisins, vers la ville, vers le ciel. C'étaient les fulgurations d'orage et des teintes émouvantes d'aurore qui alternaient ou se confondaient, allaient baiser les nuages les plus bas et chaque petite ride du fleuve qui paraissait charrier des brindilles de paille enflammée.

Et par-dessus tout montait l'exhalaison vaste et diverse des fumées.

Quand il redescendait vers la ville, Clément notait les différences profondes de couleur et l'importance des vapeurs qu'elle produisait.

De loin en loin, des cheminées, peu distinctes dans la forêt des toits, laissaient s'évader des chenilles de fumée claire. Au souffle régulier des moteurs la chenille formait ses anneaux, faisait onduler son corps léger, perdait d'une part ce qu'elle gagnait de l'autre. C'étaient de petites balles qui semblaient se détacher, jouer à travers la ville, poussées par la raquette invisible du vent.

Les usines importantes créaient de semblables vapeurs, jeunes et folles, qui couraient entre les bâtiments, faisaient des fonds gris clair aux élancements des colonnes de fer. Un premier étage de fumée régnait sur tout un quartier, voilant les superstructures. Mais, au-dessus, réapparaissaient les hautes cheminées, les tours fines et géantes des cathédrales du travail, qui continuaient leur ascension vers le ciel. Celles-là vomissaient des fumées épaisses et noires, établissaient en permanence un velum sur l'activité de la cité.

Et Clément, qui avait, à son arrivée, trouvé cette nuée horrible, furieux qu'elle lui cachât une partie de l'horizon, commençait à l'observer avec intérêt, étonné qu'elle pût offrir des aspects aussi variés.

Certains soirs où il avait attendu Constance sur la rive du fleuve, il avait, en écoutant le clapotis de l'eau, imaginé qu'il était venu dans un port. L'usine n'était que le fourmillement des bateaux en partance. Les gréements criaient sous le vent qui allongeait la voile basse des vapeurs. Et les hautes fumées étaient celles des steamers puissants prêts à s'élancer au bout du monde. On les retenait au port. Ils en frémissaient dans la stridence de leurs sirènes et Clément regardait monter les volutes coléreuses de leur haleine.

Parfois, quand l'air était calme, les colonnes de fumée s'élevaient très droites prolongeant la ligne pure des cheminées. Elles montaient comme un essor de colombes grises cherchant sa voie, allant d'abord le plus haut qu'il soit possible, pour s'orienter, trouver le vent, s'incliner alors dans un vol large et silencieux.

Au contraire, dès que soufflait la tempête, les jets de fumée étaient saisis à leur sortie des conduits aériens. Le vent les arrachait, les culbutait, les emportait et les abattait sur la vallée comme des mains de tristesse et de malheur.

Ainsi les fumées participaient à l'immense visage de la nature. Elles ajoutaient à sa mélancolie ou à sa gaieté, suivant l'heure. Quand riait le matin, elles avaient des grâces d'allure et des délicatesses de teintes adorables. Les jours d'orage leur communiquaient des tons de soufre menaçants. Les soirs les empourpraient splendidement. La nuit, elles étaient parfois légères et vaporeuses comme des respirations d'enfant. Un peu du rêve de la cité montait avec elles vers les étoiles. Lorsque Clément errait encore tardivement par les rues désertes, il lui plaisait de porter son regard tour à tour sur la ville et vers l'infini et de constater que le ciel et la terre s'unissaient en un point, par la juxtaposition des cheminées, des vapeurs et des nues.

Il venait, lui, le bâtisseur, élargir ce lien en ajoutant à la ville de feu d'autres foyers ardents d'où monteraient bientôt de nouveaux panaches gris et noirs.

XIV

Terpain perfectionnait sans cesse son outillage, ajoutait les bras puissants des machines aux bras débiles des hommes. Il arrivait à produire des obus de fonte en quantité importante et d'une texture remarquable.

Il avait pris Clément Meusnier par le bras. Il le conduisait vers le hall empoussiéré où coulait un peu de lumière par les vitrages peints de bleu cru. Par les deux grandes portes entrait la poussière d'or du soleil. Et, tout de suite, Clément ne vit que des ombres se mouvoir sur le sol rougeâtre. Mais l'ingénieur appelait le vieux contremaître, et celui-ci surgissait, maigre, serré dans son bourgeron noir aux poignets étroits, les mains semblables à du cuir racorni, les yeux profonds et presque disparus sous l'importance des sourcils.

— Eh bien, père Bérol, où en sommes-nous ?

Le vieillard saluait à peine, rude, même dans ses rapports avec ses chefs, l'esprit brûlé autant que le corps, la volonté seulement tendue vers la production. Et tout de suite il s'animait, son œil retrouvait une lueur.

— Ça va, les femmes font maintenant leurs quatre-vingts noyaux.

C'était à la fois l'étonnement et la satisfaction du contremaître. Lui aussi avait douté que les femmes puissent donner un rendement suffisant. Et voilà qu'elles montraient une bonne volonté, une adresse, un acharnement qui les rendaient supérieures aux ouvriers.

Le groupe était arrêté près d'une jeune fille, robuste, les bras musclés dans les manches haut retroussées, qui pilonnait le sable dans une forme d'acier. Elle avait essuyé soigneusement les deux plaques coniques, placé la baguette qui constituerait l'âme du noyau. Et, en commençant par une poudre fine, bientôt mélangée de sable grossier, elle jetait dans l'appareil des couches qu'elle enfonçait avec une broche d'acier. C'était des mouvements de barattage violents et hâtifs. En quelques minutes, le travail était terminé. Les deux parties de l'appareil s'ouvraient et leur déhiscence faisait apparaître le noyau de terre, semblable à ces massues en forme de bouteille dont se servent les jongleurs.

Terpain montrait à Meusnier l'étuve où l'on conduisait les noyaux, par six, sur des chariots légers. Ceux qui ressortaient avaient acquis une telle dureté, par simple dessication, qu'on aurait pu jouer avec eux et les laisser s'entre-choquer sans les rompre.

Mais Terpain était surtout satisfait d'une machine dont il avait imaginé tout le dispositif et qu'il venait d'installer pour garnir l'intérieur des moules. Les enveloppes métalliques étaient posées sur un pied mobile qui les remuait rudement et en quelques mouvements tassait le sable. L'air sec et chaud achevait de lui donner la résistance.

Alors les formes et les noyaux étaient badigeonnés de charbonnaille; le noyau prenait sa place au cœur du moule, était claveté et attendait de recevoir son fruit rutilant de métal.

— Eh ! l'Alouette ! c'est le moment !

Clément levait les yeux et découvrait, dans la cage de fer du pont roulant, un enfant grave, attentif, les mains aux manettes de commande. Il était perdu là-haut, au milieu des poutrelles et des câbles. Il planait sur le labeur acharné des hommes et des femmes, et à leur demande, il intervenait, apportait le secours des forces domestiquées.

— Vas-y.

La cage de fer roulait avec un bruit de train. Un levier emportait la poche à remplir de fonte en fusion.

Au fond du hall, le cubilot mettait une chaleur étouffante. En sa gaine de terre réfractaire, le four, alimenté par le souffle ardent des tuyères, transformait la fonte, l'épurait, brûlait les parties de carbone, brassait le métal ardent. Et, tout à coup, quand la poche était suspendue à une distance convenable au bout de ses chaînes énormes, le jet de feu partait, la fonte coulait...

Une immense clarté emplissait le bâtiment, accrochait les lueurs aux rares objets polis, jetait des ombres démesurées sur les fonds, aveuglait les spectateurs.

La poche s'emplissait de lumière, comme une énorme lampe romaine suspendue. Puis la matière incandescente débordait, tombait dans un trou, au pied du cubilot, provoquant une montée d'étincelles. Le contremaître criait dans le crépitement :

— Un coup d'écrémeur !

Un adolescent nonchalant venait avec un long râteau, racler, comme il aurait peigné une pelouse, les scories que charriait le métal. Il s'attardait, laissait son râteau de fer rougir au contact, et en l'enlevant, traçait ensuite dans l'air une courbe lumineuse.

Il semblait d'ailleurs que chacun jouât avec le feu. Les hommes s'envoyaient cette boule étincelante qui circulait maintenant d'un coin à l'autre du hall, conduite par l'enfant, du haut de la charpente.

L'Alouette ne perdait rien de vue, ni personne. De sa cage en marche, la main aux leviers, il élevait la poche, la rapprochait de lui, contournait des groupes d'ouvriers. Ses petites mains imposaient leur volonté au bras formidable qui portait la lumière. Et Clément comprit que la gravité de l'enfant avait une double origine. Elle était faite d'autant de légitime orgueil que d'attention soutenue.

La poche parvenait au terme de son voyage. Elle oscillait à un commandement. Elle versait dans un premier moule, puis dans un second, puis dans un troisième, la pâte éblouissante. Des larmes de feu tombaient parfois, dans un mouvement trop brusque, et Clément songeait que la lumière, qui avait enfanté la vie, pleurait d'être contrainte à servir l'œuvre humaine de destruction.

Les moules, remplis à pleins bords de fonte rutilante, berçaient leur cœur pourpre, l'apaisaient. Les nuances vives s'éteignaient; d'autres qui rappelaient des visages en colère passaient, fugaces. Une croûte terreuse se formait, coagulée, sillonnée de veines d'or, puis devenait grise. La cristallisation s'achevait.

Alors un autre pont roulant s'avançait. Des crochets descendaient tenus par une main mystérieuse. Hâtivement les ouvriers passaient les crochets aux boucles des moules et les chaînes, en se tendant, emportaient dans l'air surchauffé une grappe énorme de fer qu'elles allaient secouer sur un tas de sable. Les moules s'ouvraient comme des grenades mûres et les fruits de fonte, les obus bruts, roulant pêle-mêle, achevaient de se refroidir.

Les deux ponts roulants marchaient quelquefois de conserve, car l'Alouette ne perdant pas de temps, retournait puiser au cubilot le métal liquide.

Il y eut une manœuvre plus compliquée. Un moule de dimensions importantes attendait sa nourriture de flamme dans un angle éloigné, que le bras aérien ne pouvait atteindre.

On amena un chariot composé de pièces de bois massives. La poche où bouillait de la lumière fut posée sur le cadre énorme, après avoir décrit à travers le hall son trajet éclatant. Puis accoururent les groupes. Des hommes, des femmes, des enfants, agrippèrent un câble, se penchèrent dans le même sens, tirèrent le chariot. Les hommes avaient passé le câble sur leurs épaules et leur dos presque nu se voûtait en suivant la ligne du filin. Les femmes, plus maladroites, faisaient un effort de côté qui tendait les jupes, dessinait violemment les hanches, les cuisses. Un cri d'ensemble fut poussé :

— Oh ! Oh !

Le chariot démarra lentement, déplaçant dans le hall la source lumineuse, faisant tourner les ombres. La clarté prodigieuse tombait sur les nuques brûlées des hommes et sur les chevelures tordues des femmes. Clément Meusnier eut l'impression qu'il vivait dans le monde antique, aux siècles où les peuples esclaves mettaient au seuil de l'Histoire l'entassement des palais égyptiens et assyriens. Ainsi, sur les fresques des monuments surgis des sables, était figuré le douloureux labeur des foules. C'était alors pour immortaliser la mort des grands rois, rivaux des dieux, que les mains serviles se crispaient. Et maintenant pour quelle reine ? ...

La reine parut; Clément en sentit la présence, se retourna, vit Constance Rémo qui traversait l'atelier illuminé. Elle avait placé autour de sa tête une écharpe bleue, légère, qui semblait un reflet de ses cheveux, et voilait à peine l'ourlet de ses oreilles. Elle sourit à Clément, ralentit sa marche, mit sur le fond noir des choses la blancheur de son cou. Et ce fut pour elle, sembla-t-il, pour charmer ses yeux de souveraine, qu'une cérémonie se célébrait.

Le culte du feu renaissait du fond des vieux âges. Cette fois le soleil était captif, et les hommes qui le retenaient dans la coupe d'argile blanche, avaient l'air d'être venus à une émouvante épiphanie. Ils officiaient ainsi que des servants sacrés, lentement, gravement.

La poche enlevée, culbutée, laissait épancher son or liquide. Cette fois encore, les étoiles montaient et du milieu d'elles, vêtu de cuir, les mains gantées, le visage à l'abri derrière des verres noirs, un homme debout près du moule, immense de taille et d'audace, avait l'air d'un grand prêtre.

Il surveillait la coulée. Elle se faisait sans à coup. Mais

le moule, dévorant la substance, grésillait et fumait. Des gaz surchauffés, issus des pores de l'enveloppe de sable, s'échappaient.

Deux assistants du grand prêtre prirent des boules d'étoupe, les enflammèrent au contact du métal fondu, dessinèrent chacun de son côté, une anse de feu au vase ardent, et les gaz, à leur tour, s'élevèrent des langues de flamme qui léchaient les parois du moule.

Le métal emplissait la cavité préparée, se figeait, épousait la forme convenue, pour prendre son aspect définitif.

Clément pensait, en regardant Constance qui s'éloignait, que dans son cœur un grand sentiment était venu se verser, comme dans un moule préparé, lentement, avec des soins infinis. Et maintenant le clair métal de l'amour l'emplissait tout entier.

XV

Constance échappait à Clément. La poursuite dans le bois, dont le souvenir restait si douloureux pour lui, continuait à travers la monotone forêt des jours. Vainement, il essayait de joindre la jeune fille, d'être seul un moment avec elle, d'avoir la minute nécessaire à formuler un compliment, à déposer un hommage. Elle s'arrangeait de manière à sortir de l'usine toujours accompagnée. Dès lors, elle ne montrait aucun embarras. Elle venait même à lui, les yeux rieurs, dans l'eurythmie de sa marche souple qui semblait déceler une joie continue de vivre, d'être désirée et de se refuser. Elle semblait même libre et franche dès qu'elle se sentait garantie par une présence étrangère qui paraissait la protéger plus contre elle-même et ses propres faiblesses que contre les tentatives de l'homme.

Clément souffrait horriblement de cette contrainte. Il lui semblait qu'il avait mille choses à dire et que ces choses auraient pour leur destinée à tous deux des conséquences incalculables. On lui eût accordé des heures d'intimité, en en fixant la limite, que, d'avance, il les aurait crues insuffisantes. Il voulait, dans ce besoin continuel qu'ont les amoureux sincères, revenir au passé, revivre l'histoire de sa passion, faire défiler les images précises des rencontres, entendre de nouveau les mots prononcés et surtout les interpréter, connaître les sentiments qui les avaient dictés, interroger.

— Si j'avais seulement quelques minutes, se surprenait-il à murmurer.

Mais en même temps il lui venait à l'esprit tellement de mots, de souvenirs, d'images, comme un bouquet, comme une jonchée de fleurs, qu'il reconnaissait bien l'impossibilité d'un choix hâtif, et que s'il n'avait disposé que d'un quart d'heure pour parler à Constance, il n'eût pu dire que des choses sottes et banales, faute d'avoir le délai nécessaire pour faire son choix, prendre les plus belles idées, les disposer avec art, composer la gerbe de pensées dignes d'elle et de lui.

Il songea à écrire et il aperçut, en même temps que la difficulté de faire parvenir ses lettres, la difficulté plus grande de les écrire. La parole n'est jamais aussi nécessaire qu'en amour. Elle permet aussi de nuancer l'idée. Elle donne la couleur à la pensée, qui n'est qu'un dessin. Elle souligne les points essentiels. Elle adoucit la rudesse des expressions. Elle embellit d'une cadence leur monotonie ou leur vulgarité. Mais écrire ! Comment faire passer dans le sillon des lignes la caresse et l'émotion du désir ? Il essaya pourtant, recommença ses billets qu'il déchirait à mesure, s'exalta à ces essais, atteignit des cimes insoupçonnées d'enthousiasme.

"Ma Chère petite âme..."

C'était effectivement à une âme qu'il s'adressait.

L'amour s'épure toujours pendant l'éloignement. Il ressemble à ces sources que l'on trouve au bas des champs, dans les pays vallonnés et que le moindre orage trouble. Dès que les nuées se sont dissipées, la petite fontaine s'épanche dans sa coupe bordée de plantes aromatiques. Le sable tournoie un moment et se dépose. L'argile tapisse les fonds qui apparaissent peu à peu sous le cristal de l'eau. Clément perdait un peu de vue la splendeur du corps révélé dans l'étreinte et, par l'absence, le trouble de sa chair s'apaisait. Mais Constance lui avait fermé les portes de sa pensée, comme un sanctuaire interdit. Elle avait accepté son aveu, puis elle l'avait repoussé farouchement. D'où venait son hostilité : de sa chair ou de son esprit ? De son esprit sans doute. Il fallait l'apprivoiser comme un petit oiseau sauvage.

"Vous voulez bien que je vous parle ainsi ? ..."

Il plia le papier en tout petit carré, le garda dans sa poche de gilet, se promit de le remettre à la prochaine occasion. Il se rendit à la Fonderie.

Terpain était dans son cabinet, devant sa table chargée de dossiers, que les pièces d'obus polies, sélectionnées par le milieu pour montrer l'emboîtement de chaque partie, écrasaient de leur masse. L'ingénieur recula son fauteuil, se tourna, fit face au visiteur.

— Savez-vous ce que le gamin qui conduit le pont roulant vient de faire ?

— L'Alouette ?

— Précisément, l'Alouette. Eh bien, ce gosse a été magnifique, ce matin. Il venait de prendre avec les crochets la poche pleine de métal fondu. Il la remontait pour l'emporter. Et elle s'élevait plus haut qu'il ne voulait. Il s'aperçut tout à coup qu'il n'était plus maître du pont roulant. Le mouvement était donné et continuait. La poche allait heurter la charpente ; le métal aurait sauté partout, au choc. C'était la mort atroce, pour lui, et sans doute, pour d'autres ouvriers au-dessous. D'en bas on criait. La poche montait encore. Alors l'Alouette grimpa comme un singe après les croisillons de sa cage, atteignit un coupe-circuit, ferma le courant. Il était juste temps.

— Et quel âge a votre héros ?

— Treize ans et demi ! il sort d'ici. Je l'avais fait venir pour le féliciter. Je l'aurais embrassé. Il mériterait une citation, ce petit Poulbot.

— Ou bien une tablette de chocolat.

Clément voulut aller voir l'Alouette. L'enfant avait regagné sa place au pont-roulant. Il sifflait joyeusement dans sa cage. Du bas, le visiteur lui sourit. Il répondit par un petit signe de la main, comme à une vieille connaissance et il continua son chemin aérien, du four ardent aux moules qui béaient vers lui.

Ce trait fut le thème d'une rapide conversation avec Constance, rencontrée en sortant. Elle connaissait l'Alouette, second fils d'une veuve. L'aîné, tuberculeux, mourait dans un logement sordide. Et le brave petit homme apportait le plus clair du revenu dans la pauvre famille. Clément n'osait plus croire qu'il avait cherché la jeune fille pour lui parler d'autre chose. Il avait dans la main le papier plié en carré minuscule. Une pitié douloureuse planait sur eux. Comment oser traduire des pensées d'amour ? Constance baissa les yeux, fut délicieusement belle. Le frémissement de ses narines rappela la minute du baiser. Clément se hâta, tendit le papier discrètement et comme honteusement — honteux de son égoïsme d'amoureux. Constance dissimula le billet et partit sans relever son regard.

Il attendit longtemps la réponse qu'il avait demandée

par écrit. De nouveau, il vint chez l'aïeule, comme par hasard, prendre des nouvelles, en allant à sa pension qui n'était point trop éloignée. Il calculait l'heure pour que Constance eût le temps de revenir de l'usine. Quand elle s'attardait, il était contraint de partir sans la voir, pour que la vieille femme n'ait pas de soupçons, à lui voir prolonger une conversation sans intérêt et dont elle faisait du reste tous les frais. Il escomptait l'absence de la grand'mère quelque jour où elle resterait plus longtemps chez ses employeurs.

Il rencontra enfin Constance au logis. Avait-elle un pressentiment de sa venue ? Voulait-elle retarder leur tête-à-tête ? Elle avait amené chez elle les petits enfants d'une voisine ? Elle jouait avec eux, comme avec de jeunes chats. Ils paraissaient enchantés de leur grande camarade. Ils étaient pendus à elle. Ils l'animaient de leurs rires provocants dès qu'elle prétendait se soustraire à leur jeu. Ils regardèrent un peu de travers celui qui venait troubler cette fête. Clément en fut moins gêné cependant que de l'obstination de Constance à lui dérober son regard. Il se pencha vers elle :

— Donnez-moi votre main !

Elle fit "non" de la tête. Elle entoura le cou d'un des garçonnets de son bras nu jusqu'au coude et Clément se retira pendant qu'une folle ronde ébranlait la maison.

Une autre fois, Constance était dans la chambre avec une de ses amies. Elle accueillit Clément de façon charmante. Elle s'excusa auprès de son amie, vint avec lui bavarder dans la pièce où elle le recevait de coutume. Mais la porte restait ouverte sur la chambre et Constance parlait haut, mêlait le témoin invisible à leur dialogue. Jamais elle ne parut plus enjouée, plus provocante.

— Qu'avez-vous donc de si important à me dire ?

Elle savait bien qu'il ne répondrait pas, qu'il répondrait à côté. Elle se plaisait à l'embarrasser.

— Je voulais vous demander si vous ouvriez une salle d'asile, chaque jour.

— Cela dépend ! Pour quelle sorte d'enfant ?

— Il y en a donc de diverses sortes ?

— Non, mais de différents âges.

— Qu'importe, s'ils vous acceptent pour leur maîtresse.

— Mais je n'y tiens pas.

Il s'étonnait de la tranquille audace qu'elle montrait à jouer sur les mots, à rire de leur ambiguïté. Une Constance nouvelle apparaissait. Il ne la préférait pas aux précédentes. Mais elle fouettait son désir. Il songeait à ces danses espagnoles lascives où la femme évolue sans quitter du regard son cavalier, cambrant pour lui la taille, faisant onduler la croupe ardente, pointant un sein, venant tout près s'offrir, soufflant au visage un appel entre les petites dents claires, pour se dérober et s'enfuir dans un balancement prometteur des hanches. Constance restait immobile, assise dans un coin de la pièce, mais ses paroles dansaient pour elle autour de Clément.

Elle s'énerva sans doute, se leva, voulut déplacer une petite boîte à ouvrage qui tomba sur le parquet et répandit son contenu. Des boutons roulèrent sous la table, sous les chaises, sous le fourneau.

Constance s'accroupit, augmenta dans ses gestes l'ampleur des lignes, eut à parcourir toute la salle. Et dans l'angle qu'aucun regard de la chambre voisine ne pouvait fouiller, Clément trouva un baiser silencieux sur des lèvres frémissantes.

XVI

Clément s'attardait aux vitrines des bijoutiers. Parmi les Daum et les Gallé aux enveloppements de fleurs douces, les Murano aux irisations accumulées, les vases clairs d'étain, les groupes de Saxe laiteux et délicats, les statuettes chryséléphantines, il cherchait la coupe de Gyptis, fille de Namm.

Souvent, il s'était imaginé, dans ses moindres détails, la scène de l'arrivée des Phocéens. L'atrière qui les a amenés se balance mollement dans le port naturel. Les Grecs s'avancent avec aisance. Devant marche Protis, qu'on appelle aussi Euxène. Il a négligemment jeté sur son épaule une étoffe de pourpre et son teint apparaît plus pâle, mais ses yeux reçoivent un reflet vert. Il marche hardiment sur la plage à travers les galets d'or dont d'ombre courte est violette.

Et sous un bouquet d'arbres que le soleil découpe en bleu intense, Gyptis est debout, près de son père, toute blanche dans sa tunique.

Elle a rêvé d'amour, la brune fille du roi. Parfois elle a fermé ses larges yeux où passait un défilé de guerriers roux, farouches au combat, timides comme des faons devant elle. Et quand le Phocéen marche vers elle, elle est sans doute troublée plus que jamais, et c'est son trouble charmant qui lui impose le mouvement de prendre la coupe et de l'offrir à l'étranger. Elle fait vite, vite, pour ne pas réfléchir, pour jeter sa vie dans le tourbillon de joie imprévue et suprême. Et Clément Meusnier voit. Le bras très pur s'élève. La manche courte et large de la tunique est retombée. Une petite touffe brune tache la blancheur de la chair. La veine du poignet est très bleue. La coupe monte dans le ciel.

Et comment est la coupe ? Elle n'a rien de massif comme les vases somptueux des tombeaux. Elle n'a pas la lourdeur des hanaps germains, où mousse la boisson de houblon. C'est la coupe gauloise, légère, fine, teintée d'ocre à peine, claire comme un fruit méditerranéen . Les courbes sont gracieuses et suivies, sans mollesse. Elles rappellent à certains points la ligne d'une aile d'oiseau, puis la rondeur d'un jeune sein. Le pied est petit, frêle. Et les flancs s'élancent, s'évasent, comme un bassin de femme, comme une lyre, comme se tendent deux bras tendres. Mais où trouver la coupe ?

Clément eut une grande émotion, un jour, quand il la vit, la même, celle qu'il avait si souvent imaginée. C'était, en argent, une manière de tasse large dont l'artiste avait emprunté les formes à l'antique. Sur quelle peinture de fresque avait-il, à ce point, copié l'harmonie des courbes ? Les reliefs étaient simples; pas une critique à formuler. Clément entra dans la boutique, trembla un instant de ne pouvoir acquérir l'objet — car il lui restait fort peu de chose de son salaire. Quand il eut payé et qu'on eut placé la coupe brillante dans le nid de velours blanc d'une boîte carrée, il prit le petit paquet, et partit à grand pas chez Constance.

Il frappa à la porte du logement. Personne ne répondit. Un grand diable de chat roux le prit sans doute en amitié

— reconnaissant en lui un "amoureux fervent" — et vint se frotter le dos après ses jambes. Clément pensa que c'était dimanche et, qu'ainsi que chaque matin où la jeune fille était libre, elle avait dû sortir en ville.

Il était déçu, surtout d'être contraint de remporter son présent, d'attendre quelque autre et plus ou moins lointaine occasion, au lieu de jouir maintenant de la surprise et du contentement de Constance.

Il sortit de la maison, indécis. Puis il pensa qu'on pourrait peut-être lui donner un renseignement dans le quartier. La maison voisine était occupée par une épicerie-buvette. Constance y faisait de coutume des achats. On l'avait peut-être aperçue. On saurait peut-être si elle devait rester longtemps absente.

Clément entra, salua, s'apprêta à questionner. Mais des clients étaient devant le comptoir et accaparaient l'épicière. Il eut un grand temps avant de pouvoir s'approcher et, tout à coup, il lui sembla reconnaître une voix venant de l'arrière-boutique, mais une voix changée, atténuée par la cloison, dont les seules notes hautes gardaient leur valeur, qui était relativement rompue. Etait-ce Constance ? L'épicière eut à prendre quelque marchandise, ouvrit la porte. Il eut le temps de voir Constance en costume du matin qui jouait avec une fillette. Elle avait levé les yeux, elle l'avait sûrement reconnu. Elle allait hâter sa visite, faire ses achats, sortir. Il attendait. Et comme la commerçante venait auprès de lui s'enquérir aimablement, il prit un grand parti et, lui qui ne buvait jamais, demanda sur comptoir un apéritif.

Il eut le temps de préparer, de faire mousser sous le jet d'eau gazeuse l'horrible mixture, d'y tremper ses lèvres ; la jeune fille ne sortait point. Il restait là, embarrassé. Il n'avait pas soif. L'amer était un liquide issu des cornues de distillation du charbon plutôt que des oranges vertes de la Provence. Le magasin était petit et sale. Sur le carreau gras des souvenirs de vente traînaient. Des mouches décrivaient des cercles rapides et entêtés qui les ramenaient toujours aux mêmes points où se trouvaient des matières sucrées ou huileuses. Il eut un dégoût violent que l'espoir d'une entrevue agréable ne dissipa plus.

Et derrière la cloison, une voix d'homme se mêla aux voix de la jeune fille et de l'enfant. Elle était vraiment assourdie. Etait-ce celle d'un homme jeune ou âgé ? L'enfant provoquait sa grande amie avec des éclats de rire aigus. Et Constance aussi eut des cris de joie. Mais c'était un son qu'il ne connaissait pas, non plus. Il la croyait incapable de ce rire qui avait un degré d'intimité inouï. Alors il n'attendit plus. Il pensa qu'il enverrait la coupe d'argent par quelque commissionnaire. Il paya. Il partit, poursuivi par l'éclat d'un rire de femme amoureuse qui lui faisait mal, mal...

Quand il put revenir chez Constance, quelques jours après, elle se montra très tendre. Elle avait été touchée du présent. Elle remerciait gentiment, plus encore par son regard, que par des mots. La vieille grand mère se confondait elle-même en politesses. Elles firent asseoir Clément.

Une troupe passa dans la rue, des soldats qui rentraient d'un exercice en campagne. Ils allaient un peu à la débandade, en chantant dans ce quartier ouvrier. Le bruit attira tout le monde aux fenêtres. La grand'mère fut la première à s'y montrer. Elle appela Clément Meusnier. Et la jeune fille courut ouvrir la croisée de la chambre, qu'elle embellit de son éclatante jeunesse.

De suite, elle fut remarquée. Un homme leva la tête, puis un rang, puis chaque rang. Un compliment fut lancé, répété par un murmure. Il y avait des centaines d'hommes et chacun en passant regarda la fenêtre, dit son mot. Un hommage courut comme un encens grossier qui montait de la rue. Et Constance ne se retirait pas, n'échappait pas à cette convoitise brutale. Elle était appuyée sur la barre de bois. Clément la voyait de sa fenêtre, en se penchant, et il souffrait indiciblement de ne rien pouvoir dire, de ne pas faire un signe, de laisser la jeune fille exposée au désir violent des gens qui, séparément, se fussent montrés réservés et convenables et qui, en troupe, prenaient toutes les licences.

Il subit jusqu'au bout l'exposition douloureuse qui lui rappelait le supplice décrit par les historiens. C'était son amour qui, lui semblait-il, était en place de grève, assailli par l'injurieux hommage, car, pour celui qui aime, toute manifestation étrangère d'un désir est un outrage. Quand Constance revint, calme, indifférente, habituée sans doute à cause de sa beauté, à entendre des galanteries, elle trouva Clément très pâle et grave. Elle comprit sans doute. Et quand le lendemain il la rencontra et lui posa brutalement la question :

— Enfin, m'aimez-vous, Constance ?

Elle eut une réponse adorable :

— Je bois chaque jour dans ma coupe !

Clément, qui avait senti la morsure de latentes jalousies, fut soudain calmé. Constance lui paraissait parfois pudique, charmante dans sa retenue. Elle se réservait encore, devenait grave, mais n'était-ce pas reconnaître qu'elle luttait et n'avait plus la possession intégrale d'elle-même ? Ses demi-aveux étaient plus tendres qu'un cri d'amour. Chaque jour, davantage, il apprenait à apprécier ce qu'il attendait, comme une récompense à son labeur, quand sa mission serait achevée, quand la ville du feu serait édifiée totalement.

XVII

Peu à peu la salle de verdure se garnissait. On avait réservé les deux premiers rangs de chaises pour les autorités civiles et militaires ; le préfet, le général commandant la région, leur suite. Ils ne devaient venir qu'à point nommé, mais le public, soucieux d'obtenir les meilleures places, affluait. Des rangs entiers étaient installés. Ailleurs, les coins seulement étaient occupés. Le soleil ardent de juillet découpait les contours nets des marronniers qui projetaient des puits d'ombre. Et c'étaient les endroits recherchés. On s'y serrait, par groupes. Les assistants les plus avisés tâchaient de rester tout proches des troncs rugueux, s'asseyaient, gardaient jalousement leurs places. Il arrivait cependant qu'une société trop nombreuse et qui ne voulait point se disperser, se casait tant bien que mal, mi-partie dans l'ombre, mi-partie au soleil. Des arrivants, un peu gauches, ou indifférents à la chaleur, allaient de suite aux chaises libres. De sorte que bientôt tous les sièges furent occupés. Des ombrelles blanches, bleues, s'ouvraient comme d'énormes corolles renversées.

Un parfum intense de roses rouges montait des jardins voisins, se répandait, planait. Au delà de la courbe des marronniers, le gazon rasé, vert et frais, venait, ainsi qu'un flot, battre les îlots éclatants des parterres. Des rosiers s'entortillaient aux portiques de fer légers, dessinaient autour de la première ceinture des arbres une dentelle régulière où gambadaient des roses. Des roses ardaient dans le soleil, pendues à des fils presque invisibles, escaladaient de vieux troncs à moitié pourris, coiffés de zinc, mettaient leur jeunesse sur cette mort. Et des roses encore enveloppaient de leurs pétales pourpres la rampe de pierre de l'escalier qui faisait face à la cour, et baisaient les flancs d'albâtre des balustres de la terrasse.

Aucune salle n'avait plu, aux organisateurs de la fête de charité, autant que ce rond-point des jardins de l'hôpital. Un faste demeurait du temps où la propriété appartenait à quelque grand seigneur qui aimait l'élancement de la pierre et la noblesse des perspectives. La demeure, élégante et hautaine en ses façades, avait été complétée, depuis un demi-siècle que l'hôpital était installé là, de deux ailes assez proprement raccordées. On n'avait rien changé aux abords de la construction. La terrasse étalait son sable d'or où avaient pirouetté les talons rouges. Les malades descendaient doucement les marches blanches de l'escalier qu'avaient balayées les traînes de brocart. Les jardins gardaient le mystérieux souvenir des chuchotements amoureux.

Clément Meusnier et Brasset, les bras croisés, regardaient se garnir la salle naturelle. Par les couloirs de verdure ouvrant sur des portes de soleil, d'autres personnes arrivaient sans cesse. On les apercevait d'abord dans un poudroiement de lumière, puis, à mesure qu'elles s'avançaient et qu'une ombre de branche se posait sur elles, les teintes des robes et des vêtements se fonçaient, se précisaient, seulement touchées en quelques points par le pinceau tremblant des rayons.

Clément se tourna vers l'escalier où il allait monter tout à l'heure, quand le moment serait venu, et parler. Les degrés se séparaient en deux pentes, vers le milieu de la hauteur. Une colonnade bordait le palier ainsi formé dans l'enlacement des roses. C'était une tribune splendide, sans pareille.

Mais parler !

Etaler sa pensée intime, jeter d'abord le trait qui fulgure, bâtir la statue de l'idée dans la lumière, blanche, droite, haute, visible pour tous, puis l'orner, ramasser tous les attributs qui traînent, comme des vêtements épars, chercher dans l'ombre des coins tout ce qu'on pourrait oublier, ainsi qu'en ces greniers des vieilles demeures où l'on craint toujours d'abandonner au linceul de la poussière des objets de valeur, classer tout, mettre tout dans un ordre rigoureux, avec un temps restreint, quelle appréhension ! Et parler, non pour soi, non pour des amis accoutumés à la bienveillance, à la tolérance; mais pour la foule, pour l'hydre mouvante, immense, insaisissable dont les cerveaux sont divers, parfois fermés, souvent hostiles, toujours méfiants ; essayer de dominer cette mer qui n'obéit qu'à deux houles également inexplicables : l'enthousiasme ou la haine ; quel effroi !

Clément Meusnier sentait une langueur l'envahir.

On avait prié quelques jours auparavant Terpain, le directeur de la Fonderie, de venir prononcer quelques mots, dire l'effort de la ville associé à l'effort du pays entier. Mais Terpain avait été contraint, la veille, de partir, appelé par son siège social. Il avait songé à Clément pour le remplacer. Et celui-ci avait accepté, en parisien éclectique qui trouve toute chose aisée.

Meusnier s'apercevait maintenant de l'énormité de sa tâche et de l'audace de sa promesse. Il avait soudain un grand besoin de repos, de sommeil, d'oubli. Il repoussait une phrase qui devait être la première à prononcer dès qu'il serait parvenu à la tribune occasionnelle et qui lui causait à présent, par l'insistance avec laquelle elle revenait à son esprit, une véritable douleur. Il trouvait tout à coup le monument de son discours ridicule et chancelant. Au moindre contact, l'échafaudage hasardeux allait craquer. Tout s'effondrerait. Il avait cru découvrir, auparavant, des idées originales et neuves, comme des gemmes précieuses qu'il avait serties dans le métal des phrases. Et les gemmes avaient disparu ou avaient perdu leur éclat. Il était comme un roi déchu portant à la main sa couronne, dont les joyaux seraient tombés.

Puis il n'eut plus le temps de la réflexion. Les personnages attendus arrivaient au milieu des saluts et des inclinations, s'installaient commodément avec des airs qui n'étaient pas exempts de hauteur. Un flot de personnes suivit, s'entassa, reflua, et faute de sièges, entoura d'un mur vivant le rond-point.

Et Clément Meusnier se trouva au milieu de l'escalier sans savoir quelle force l'avait conduit à gravir les degrés. Il appuya d'un geste naturel ses paumes à la balustrade, entre les roses. Il aperçut, dans une demi-conscience, un immense parterre où fleurissaient des visages. Il ne distinguait rien. Une vitre dépolie semblait s'être posée entre le public et ses yeux. Alors il se fit en lui un grand silence et il retrouva au passage une idée connue qu'il saisit :

" Les roses, chaque année, sur la Vie et sur la Mort, sur la Joie et sur l'Epouvante, renouvellent la fraîcheur apaisante de leurs corolles. La guirlande posée sur la terre douce de France, comme un hommage des aurores, s'est quelquefois rompue. Toujours une main l'a renouée. Les roses, chaque année, reviennent".

Il avait débuté d'une voix rapide, basse et sourde, presque sans lever les yeux d'une branche qui élevait vers lui tout un bouquet des fleurs qu'il célébrait. Il entendit pourtant sa voix qui revenait. Il était comme dédoublé, devenu son auditeur. Il ne vit pas les mouvements d'attention de la foule qui avait fait silence complètement. Mais il sentit qu'il fallait faire un effort pour que sa voix atteigne le fond de la salle des arbres. Il leva la tête, regarda le plus loin possible dans le paysage et, sembla-t- il, dans le passé.

"Des roses pareilles à celles d'aujourd'hui balançaient leur grâce aux façades blanches des villas gallo-romaines, quand parut le Hun".

Clément Meusnier eut, devant lui, accroché sous l'éclatant soleil, un tableau du grand artiste Rochegrosse qui l'avait ému profondément dans sa jeunesse. Le luxe délicat de la décadence a bâti la maison ; le feuillage répète sur les murs les volutes divines des chapiteaux corinthiens ; un rideau de pourpre ferme le péristyle ; et, dans le petit jardin charmant, la horde asiatique piétine les fleurs et les corps, pendant que les rapts s'opèrent au seuil où tombent sur le marbre les gouttes de sang et les pétales.

La phrase se développa, peignit, accumula les couleurs chaudes, mit le premier plan douloureux : des habitants de la Gaule latine, agenouillés devant leur villa saccagée, attendant la mort.

Après bien plus d'un millénaire, le tableau se répétait, la guerre suspendait la même menace. Au seuil du monde latin, comme Théodoric aux portes de Rome, comme Attila approchant de Lutetia, l'ennemi du nord-est déferlait.

L'air calme et tiède parut soudain d'une transparence inouïe. Les lieues ne comptaient plus, les horizons se rapprochaient. Les pays martyrs étaient proches. Peut-être, en prêtant plus encore l'oreille, aurait-on entendu des appels et des cris de douleur. Les buées qui erraient au bas du ciel n'étaient-elles pas les fumées du formidable incendie ?

L'évocateur était pris par l'image. Il ne l'avait pas prévue une minute auparavant. Elle s'était imposée à lui. Ainsi, il sentit qu'il improvisait. Toute la préparation à laquelle il s'était acharné était inutile, dispersée du reste. Il s'abandonnait à sa fantaisie créatrice. Il sentait monter en lui d'autres images. Il les brossait ardemment. Il les exposait ainsi que les études rapides, jetées en quelques traits.

"Quelle affreuse destinée que celle des peuples germaniques, condamnés à toujours vaincre !

"Depuis deux mille ans, ils s'arrachent de leurs forêt obscures, de leurs maisons lugubres, de leurs mers embrumées. Ils descendent vers la Méditerranée bleue, par les vallées riantes où ils se bousculent comme des démons. Et, quand ils sont revenus, lassés, couverts de blessures et chargés de dépouilles, la convoitise de leurs maîtres les fait se relever et repartir.

"Car ils ne sont que des esclaves".

Dans la voix, chaude maintenant et pénétrante, aucun sifflement de haine ne passait. L'accent était resté douloureux, comme si l'homme devait être triste d'avoir à pleurer sur la faute éternelle d'une partie de l'humanité.

"Quelle affreuse destinée que celle de nos ennemis !

"Ainsi, dans le monde antique, les esclaves les plus robustes étaient au fond de l'ergastule enchaînés à une meule. Ils ne la quittaient plus. Ils la poussaient jusqu'à la mort. Ils passaient des mois et des années à écraser les grains de blé. Et ils avaient les yeux crevés pour ne rien voir, pour n'être pas détournés de leur tâche. Ainsi les peuples forts de l'Oder et de l'Elbe tournent, les yeux crevés, autour de la meule qui broie les corps".

Et voici que du monde antique également un exemple et un enseignement venaient. Clément Meusnier songeait à la terre pélagique où s'était perpétué le culte de la flamme. L'incendie propagé par les envahisseurs menaçait le pays. Et le feu répondait dans une révolte ardente. La flamme magique transmettait l'ordre de défense, jetait l'appel aux tribus. A travers la Gaule soulevée, une chaîne de lueurs, ponctuant les cimes des monts, arrêtait les premières légions.

"Et maintenant, c'est la chaîne des cités d'industrie qui noue ses anneaux lumineux dans notre nuit latine.

"Tout le monde méditerranéen reste marqué de l'empreinte du feu volcanique. La ceinture d'or des Apennins avait pour agrafe l'Etna et pour boucle éclatante le Massif Central. Les volcans se sont rallumés. Le feu enclos a retrouvé ses cratères. Les vapeurs contraintes s'échappent en fumerolles.

"Le vaste bûcher de la nature est dressé devant l'autel de la guerre. Aux profondeurs du sol des Cyclopes de Sicile et les Cabires de Macédoine, portant au front la lampe de la civilisation, ont laissé des gisements inexplorés. Le mineur fouille à son tour les entrailles de l'Europe et alimente le bûcher.

"La flamme s'élève, toujours plus haute, toujours plus intense. Le feu sauve la terre du feu et marque à son sceau l'arme de défense et de libération : la trempe de l'acier laisse courir, comme un ruban ténu, un arc irisé rappelant celui du ciel.

"Et c'est le bûcher des nations.

Clément Meusnier, soudain, pensa à la grande foi des peuples qui les soutient opiniâtrement, qui leur fait jeter dans le brasier leurs derniers sarments, pour forger leur outil. Quelle plus émouvante preuve de foi que celle que donnait Bernard Palissy, lançant au four sa chaise, sa table de travail, son lit, pour sauver à tout prix son œuvre presque terminée, pour ne pas perdre par une défaillance finale le bénéfice de son long effort ? Et la civilisation latine imitait le noble artiste, jetait aussi au foyer de Moloch ses cathédrales harmonieuses, ses forêts ombreuses, ses blés roux.

Le débit de l'orateur restait ferme et presque lent. Cela lui donnait le temps de penser. Il lui venait à l'esprit une foule d'idées. Il ne les prenait pas toutes. Il choisissait comme on coupe des fleurs dans un jardin. Il ordonnait son discours. Il composait son bouquet.

Et sans doute le présentait-il assez agréablement à ses auditeurs, car on l'applaudissait à de fréquentes reprises. Le battement des mains dans la salle de verdure, n'avait pas l'ampleur du bruit produit au milieu d'un théâtre. C'était un son plus discret, plus lointain et, semblait-il, plus frais. On eût cru qu'une aile de ramier battait l'air chaud, dans la clairière créée au pied de l'escalier.

C'était une trêve courte dont profitait Clément Meusnier pour observer ceux qui l'observaient. Il avait à peine vu comment était composée "sa salle". Il s'étonnait d'y trouver un mélange qui ne lui déplut pas. Les invités officiels ne formaient qu'un petit groupe ; c'était à peine un plan décoratif d'uniformes qui ne l'avait pas empêché de reporter plus loin son regard, de le fixer, durant ses périodes, sur un visage clair où des yeux vivaient étrangement. Il avait subi l'attraction mystérieuse dominant toujours l'orateur qui, dans un auditoire si homogène soit-il, lui désigne par un détail de beauté ou de laideur une figure qu'il n'abandonne plus. Les yeux qui avaient accroché son regard, au début, étaient ceux d'un ouvrier d'usine. Beaucoup d'ouvriers étaient venus, poussés par cette miséricordieuse pensée qui règne davantage chez les humbles que chez les grands et les animait plus encore depuis l'épreuve totale de la guerre. La fête de charité avait attiré aussi les jeunes filles, celles des ateliers, celles des magasins. Elles avaient fait, à l'été qui leur prodiguait la caresse de sa lumière, la surprise de toilettes charmantes. Elles prolongeaient dans le rond-point la grâce éclatante des parterres de roses. Clément voulut parler pour elles. Mais le savait-il faire ? Entraîné par le rythme des mots et la couleur des tableaux, n'avait-il pas élevé beaucoup trop le sujet ? Le suivait-on vers le chatoiement des métaphores ? Et de l'antiquité qu'il finissait d'évoquer lui vint encore la réponse. Il se rappela le goût des peuples méditerranéens pour l'apologue, pour la légende, pour l'image. Le verbe ancien avait la splendeur des marbres demeurés au sommet des acropoles. Le mot d'ordre transmis par les civilisations, de l'est à l'ouest, contenait le secret de la beauté. Pourquoi tenir la foule moderne à l'écart des autels de l'art où sacrifient de trop rares privilégiés ? Quand il n'analyse pas, le peuple sent du moins avec sa chair meurtrie, avec son cœur naïf plein d'enthousiasmes neufs, avec son âme attentive et penchée. Et ce fut pour le peuple que Clément voulut continuer de parler, le prenant, l'élévant, l'entraînant avec lui sur les cimes.

"C'est le bûcher des nations !"

Il exalta le dévouement des masses populaires, concourant à la défense d'un patrimoine de richesses, de libertés et de bonheurs dont la société ne leur a laissé qu'une part minime. Mais le vieux sol arrosé du sang des révolutions mérite d'être défendu. Le sans-propriété monte la garde à l'entrée des champs de son voisin plus riche. Et chaque famille misérable imite le geste de Palissy en jetant à l'incendie de l'invasion ou à la forge des résistances le dernier meuble hérité des ancêtres !"

"C'est le bûcher des nations !"

Et, soudain, Clément aperçut au-dessus de lui, à la terrasse, les visages penchés, effroyablement pâles sous les linges blancs, des soldats blessés en traitement à l'hôpital. Ils étaient venus des salles voisines, s'étaient approchés peu à peu de la tribune improvisée. L'un d'eux s'était fait porter sur un brancard. Il écoutait, gisant, raide et long entre les longs bras de la civière, offert en victime expiatoire à la colère du ciel embrasé.

Clément eut honte de parler de souffrances et de dévouements. Quelles douleurs pouvaient être comparées à celles des sacrifiés de la guerre, qui les avaient toutes endurées ? Quelle abnégation pouvait être vantée devant ceux qui avaient fait l'abnégation totale ? Il eût pu parler de ces héros, chercher un triomphe oratoire facile. Le procédé lui sembla répugnant, analogue à un vol. Près des martyrs le silence seul est respectueux. Il sentit le besoin de conclure, comme si la vanité des mots lui était tout à coup apparue et que l'heure lui parût être celle de l'action.

"Elevons le bûcher des âmes. Jetons à la flamme du courage national l'aliment de notre pensée.

"Lorsque Rome était menacée par Carthage, dans le moment le plus cruel de son histoire, quand Annibal, vainqueur, descendait des Apennins et que les signes se multipliaient contre la fortune de la ville, que les épis coupés laissaient couler du sang et que les pierres tombaient du ciel, l'Italie menacée voua aux dieux un "printemps sacré".

"Le monde latin d'aujourd'hui a sacrifié le printemps de ses vies humaines, le sourire divin de ses jeunes femmes, toute la joie qu'il avait fait épanouir. Il ne nous reste que la gaieté persistante des roses. La guirlande posée, rudement secouée par l'orage, est renouée sans cesse et continuera de parer la terre douce de France.

C'était fini. Clément Meusnier avait prononcé les dernières paroles en achevant de descendre les degrés de l'escalier. On l'entoura. On le complimenta. Les personnages officiels lui serrèrent les mains. Mais dès qu'il le put, il s'enfuit, fit un détour, se réfugia au fond du rond-point, derrière le rideau épais et mouvant des spectateurs restés debout. Il avait besoin de silence, d'une obscurité relative. Il lui tardait de ne plus sentir sur lui les yeux, même bienveillants, d'une foule. Seulement, il ne trouva pas de suite le calme de son esprit. Il l'avait échauffé par l'improvisation. Il avait fait sourdre, telles des vapeurs, ses pensées, et le travail continuait, comme une distillation que l'éloignement du foyer n'arrêterait pas immédiatement.

Il ne prit pas conscience de suite de ce qui se passait autour de lui. Ce n'est que plus tard qu'il vit et entendit. Sur le palier où se hissaient les roses, à la place même qu'il venait de quitter, une femme était debout, longue, dans une robe noire qui la gainait. Le visage pur et clair, le cou mince et souple, l'échancrure étroite et interminable de l'étoffe sur la poitrine, continuaient les mêmes lignes et indiquaient le mouvement d'un pétale de lys. Clément se souvint qu'on lui avait annoncé le passage dans la ville d'une tragédienne belge, Hilda Maertens, venue avec une tournée théâtrale.

Le public était ému et partageait visiblement la souffrance de la jeune artiste et sa pitié pour la nation crucifiée. Elle disait avec une voix profonde et altérée le malheur de la Belgique :

Ce n'est qu'un bout du sol dans l'infini du monde
Le Nord
Y déchaine le vent qui mord
Ce n'est qu'un peu de terre avec sa mer au bord
Et le déroulement de sa dune inféconde.

Le poème de Verhaeren rappelait la tranquillité de jadis :

Et l'Yser débordé y fait stagner ses eaux
Sur des vergers de ferme où, jadis, les oiseaux
Aux vieux pommiers en fleurs suspendaient leurs nichées.

Le lambeau de patrie pendait à la carte de l'Europe, comme un morceau de chair vive et meurtrie. Et l'actrice semblait en prière, les mains jointes, élevées au ciel, récitant lentement l'oraison :

O ciel bleu de la Flandre, aux nuages si clairs
Qu'on les prenait pour des anges traversant l'air,
Qui donc eût dit que tu serais ciel de bataille
Un Jour
O Flandre
Voilà comment tu vis,
Aprement aujourd'hui :
Voilà comment tu vis.
Dans la gloire et sa flamme, et le deuil et la cendre.

L'évocation était troublante. La salle de verdure était devenue un temple où l'humanité saignante pleurait. Et la robe noire de la tragédienne semblait se développer, ensevelir la chair liliale sous le voile étouffant des veuves.

Et la vie se passa plus forte que la mort !

Devant Clément Meusnier, une petite ombre s'était placée, toute proche, à le toucher. Il eut la vision d'une nuque adorable ; un parfum troublant et connu montait de la peau chaude.

— Vous, enfin ! ...

Constance Rémo était venue devant lui, soumise maintenant. Elle lui apportait l'hommage de sa présence et de sa beauté comme récompense de l'effort accompli.

— Où étiez-vous ?

— Derrière cet arbre.

— Vous vous cachiez pendant que je parlais ?

— Vous étiez à tous. J'ai attendu mon heure.

— Notre heure !

— Oui, notre heure.

Et sans se concerter, ils sentirent qu'ils devaient s'isoler. Ils se retirèrent de la foule. Ils marchèrent en silence vers la porte de soleil d'une allée.

Au fond, dans la lumière, se profilait un petit temple de l'Amour qui datait de l'ancienne propriété et qu'on n'avait pas osé démolir. Ils s'en approchèrent à pas lents.

XVIII

L'entreprise Durquoy frères avait accompli un tour de force. A la fin de juillet, au bout de cinq mois alors qu'on en avait prévu six, une partie des bâtiments de l'atelier de chargement d'obus étaient prêts à recevoir du personnel. Alcide Durquoy triomphait. Son orgueil de grand patron était satisfait. Le succès lui assurait une reconnaissance de l'administration qui se traduirait par quelque nouvelle concession.

Il était revenu pour la réception des bâtiments terminés. Ce fut d'abord une opération plus qu'une cérémonie. On était pressé d'aboutir et les services du ministère ne cherchaient point de querelles de détails. Un très modeste officier passa seulement de salle en salle, les mains derrière le dos, sans qu'on pût se rendre compte si son regard dépassait vraiment son lorgnon de myope. De sorte que ce fut Alcide Durquoy qui, fidèle à son habitude, éleva des critiques, rugit contre ses ouvriers, menaça ses chefs des pires sanctions. Sa colère était tellement exagérée et hors de proportion avec les très légères erreurs relevées, que l'officier lui-même était gêné et vaguement inquiet comme s'il eût commis une faute personnelle. Mais Durquoy se calma, s'excusa presque. Il avait besoin de ces emportements qui occupaient sa vie, faisaient partie de son activité et affirmaient son autorité.

Au fond, l'entrepreneur admirait son œuvre qui lui permettait de s'admirer lui-même. La ville de fer et de pierre, neuve dans la crudité de ses murs blancs et de ses toits rouges, était réalisée en partie. Les maçons avançaient vers l'ouest, continuaient au milieu des perches et des échafaudages leur besogne hâtive. Des poutrelles de fer étaient hissées par des palans et prolongeaient dans l'air des gestes géants et maladroits. Toute l'activité se déplaçait, au fur et à mesure qu'une série de constructions était terminée. Et Durquoy et l'officier réceptionnaire passaient dans une ville de silence qui attendait des habitants.

Le lendemain, un détachement arriva d'une pyrotechnie de la région, soldats des vieilles classes, déjà accoutumés au travail du chargement des obus, capables d'encadrer et de former de nouveaux ouvriers.

La ville vit avec curiosité défiler, dans leur marche lente et cahotante, des hommes qui semblaient appartenir à une figuration. Une même fatigue paraissait les courber. Une même teinte jaune colorait leurs vêtements, leurs chaussures, leurs képis, leurs visages, leurs cheveux, leurs barbes. Ils prolongeaient sur les avenues le souvenir des hommes de bronze groupés aux tréteaux des baraques foraines. Immobiles, ils eussent semblé des terres cuites, presque monochromes, seulement décorées de tons plus durs là où la flamme avait passé. Les vapeurs picriques avaient mordu au bleu de leurs capotes, avaient pigmenté leur peau. Dans les parties en relief, la pluie avait un peu dilué la couleur qui descendait au jaune pâle du soufre, tandis que dans les creux elle atteignait des teintes chaudes d'ocre. Les mains, plus en contact avec la poudre, avaient des paumes foncées de bistre et de sanguine, cependant que les ongles ressemblaient aux feuilles des peupliers en octobre.

Puis vinrent des Kabyles, quelques jours après, déguenillés, disparates, étiques, leurs jambes maigres mal assurées dans leurs souliers trop longs, le fez rouge enfoncé sur la tête rasée. Les cantonnements, disposés sur les côtés de l'atelier de chargement, se remplirent de bruits, de mouvements et d'odeurs violentes. Des cantines accueillantes ouvrirent leurs portes et sur leurs comptoirs inépuisablement garnis, tonitruèrent les phonographes.

C'était une veillée d'armes, fort courte. Tout de suite l'atelier s'organisa. Les équipes furent constituées, mêlant les hommes déjà habiles aux débutants. Des trains qui pénétraient jusqu'au sein de la pyrotechnie amenaient les obus de tous calibres, les poudres, les explosifs, les caisses, les matériaux de toutes sortes.

On déchargeait les wagons avec méthode et précautions. Chaque bâtiment recevait sa réserve distincte où l'on puisait pour les besoins du chargement qui s'opérait dans le hall central, vaste édifice, palais merveilleux digne d'une exposition d'art, où coulaient des nappes de lumière bleutée le jour, des rayons de lumière d'or la nuit.

Une foule d'opérations délicates s'accomplissaient. L'obus était poli au culot pour reconnaître les fissures, pastillé par une plaquette de fer blanc, lessivé, verni à l'intérieur, étuvé, séché, vérifié, fileté pour recevoir la gaine du détonateur, bagué de bronze pour préserver le filetage.

Et ainsi paré, le bel obus brillant venait faire sa dangereuse provision, par un tassement de la poudre à la main ou sous des pilons à air comprimé.

Mais souvent l'obus devait être rempli de substance coulée. Il allait à l'atelier de fusion où, dans des chaudières énormes, l'explosif docile dormait. Toutes les colères terribles du soufre et du salpêtre étaient encloses dans le liquide. Elles se réveilleraient à leur heure, quand l'homme parlerait, plus tard, sur les champs de bataille. A présent, c'était une liqueur jaune et épaisse qui coulait au cœur des obus, s'y étalait, s'y solidifiait. Pourtant le feu terrible qu'elle recélait en ses atomes, et qui avait comme une hâte de sortir, s'exhalait en particules jaunes, invisibles au début et c'étaient les vapeurs toxiques qui rongeaient les vêtements et les visages sous leur pinceau monotone et brûlant. Tout l'atelier était peint rapidement d'ocre et de chrome. Les servants se mouvaient comme des ombres détachées de la paroi. Le sol et le plafond communiquaient à la lumière qu'ils se renvoyaient une identique coloration.

C'était l'atelier de discipline où venaient maugréant les hommes dévoués et les hommes punis. Ils sortaient anémiés, maigris, brûlés, malgré d'amples distributions de lait administré en contrepoison.

La ville nouvelle, née pour la guerre, appela les femmes à ses labeurs. Comme aux usines métallurgiques, elles vinrent en foule, attirées par un salaire important. On leur confia, à l'atelier de chargement, le soin d'encartoucher les obus, de les sertir, au moyen de machines à air comprimé, de leur douille de bronze , préalablement chargée de poudre. Une odeur d'éther montait des explosifs employés, grisait les têtes, et au milieu des outils de mort, emballés et prêts à partir pour le carnage, un refrain de la rue errait de bouche en bouche, célébrant la jeunesse et l'amour.

XIX

Souvent Clément avait invité Constance Rémo à lui écrire. Lui-même adressait, à l'usine, de courts billets où la jeune fille trouvait l'expression d'une ferveur croissante, et qu'elle dissimulait sous les tarifs, les bons et les factures qui encombraient son bureau. Il sentait qu'elle était bâillonnée dans leurs entrevues par une contrainte qui résultait autant de l'éducation, à l'ombre de la grand'mère tyrannique, que de l'émotion. Peut-être la plume trahirait-elle un sentiment que des silences et de brusques fuites semblaient seuls affirmer.

Après la conférence, dans les jardins de l'hôpital, il avait insisté de nouveau. Et le lendemain, au déjeuner, à la pension où ils se rencontraient avec Terpain, il trouva sur son assiette une lettre qu'il ne put ouvrir de suite, qu'il cacha hâtivement et qu'il toucha vingt fois pendant le repas, pour se convaincre du bonheur qu'il gardait là, enclos sous le frêle papier.

Terpain parlait, lui, développait l'idée d'une nouvelle machine, dynamo actionnant une presse hydraulique pour utiliser les limailles, les poussières métalliques, les déchets menus qui traînaient partout et que la pression énorme pourrait agglomérer en des boulets qui passeraient au cubilot. Clément Meusnier n'entendait pas. Il essayait de deviner ce que contenait la lettre de Constance. Et d'abord, comment s'adressait-elle à lui : "Mon ami !" ou quelque mot plus tendre ?

Et quand il se fut enfui sous un prétexte, qu'il fut seul sur le cours et qu'il eut déchiré maladroitement l'enveloppe, l'appellation lui sauta aux yeux, le flatta :

"Cher !" ...

Jamais ce petit mot, banal par son emploi généralisé autant que par l'hypocrisie sociale qui l'impose, ne lui avait semblé contenir un sens. Seul, écrit par Constance, il était charmant et doux comme une caresse. Et, tout de suite, Clément admira le goût de l'aimée, qui rendait son affection plus précieuse d'avoir su trouver, entre les termes usés, l'expression brève qui pouvait contenir une tendresse infinie.

La lettre était écrite au crayon, d'une longue écriture, peu régulière, en des phrases courtes qui se hâtaient :

"Cher — vous me réclamez une longue lettre. Je voudrais vous contenter. Je vais essayer. Savez-vous où je suis et comment ? Dans ma chambre, la porte donnant à côté est ouverte. J'entends la respiration forte de grand'mère. Je suis en chemise de nuit, assise sur la fourrure de ma descente de lit. J'ai les cheveux défaits. Je viens de me regarder dans une glace. J'ai tout à fait l'air d'un chien fou ou d'une fille de Bohême. Est-ce comme cela que vous m'aimez ? ..."

Ce fut plus encore "comme cela". Cette vision d'intimité troubla profondément Clément Meusnier. Il ne se sépara plus de l'image qu'avait établie son imagination : Constance, le corps à peine dissimulé sous la légère toile, les épaules appuyées au lit, les petits pieds nus sur la fourrure, écrivant sur quelque livre appuyé aux genoux clairs.

Le besoin de l'étreinte devint plus fort que jamais. Un souvenir des baisers, créant toute une impression physique, lui laissait un goût précis sur les lèvres. Il écrivit à Constance et il essaya de faire chatoyer les mots comme des gemmes.

Que ces mot eussent servi tant de fois à des amours anciennes et presque oubliées, cela le consternait. Il cherchait des expressions nouvelles à la garde-robe du langage, comme on dépend des défroques en espérant composer un vêtement acceptable avec une combinaison ingénieuse. Il y réussissait parfois. Il s'illusionnait surtout, car en composant les phrases dans sa pensée, il les prononçait pour lui avec une intonation si caressante qu'elles lui semblaient neuves. Il disait ses efforts à Constance, comme un témoignage de sa ferveur :

"Ne confondez pas mon amour avec aucun autre"

Et, tout à coup, il lui apparaissait que les mots n'étant que des vêtements plus ou moins éclatants de la pensée, c'était l'idée seule qui importait :

"Le petit chapeau que vous portez si gentiment et que je reconnais de très loin, à la sortie de l'usine, vous pouvez le faire mettre à vos compagnes. Que dis-je ? D'autres en ont de pareils. Puis-je me tromper cependant et ne pas vous reconnaître ?"

Et c'était vrai. Dans la cohue des gens et celle des mots, les deux amants se reconnaissaient et allaient l'un vers l'autre.

XX

— Vous sentez bien que notre amour mourra d'ennui et, tel qu'une plante, de sécheresse, si nous ne parvenons pas à faire refleurir nos baisers.

— Attendons des jours meilleurs.

— Pourquoi attendre. Dans un mois, dans deux, les circonstances ne nous favoriseront pas davantage. Il faut venir.

— Où ?

— Chez moi.

— N'y comptez pas. Jamais ! moi, entrer chez vous les yeux ouverts !

— Vous les fermerez. Je vous les fermerai, petite aimée, sous mes caresses.

— Jamais, jamais.

Pourtant l'obstination de Clément semblait achever une déroute de scrupules et de pudeurs. Un jour qu'il était plus pressant, plus tendre, Constance répondit :

— Et bien, oui, j'irai.

— Quand ?

— Pas demain, après-demain.

Voulait-elle se donner le temps de la réflexion ou du courage ? Cette remise était-elle favorable ou non à sa venue ? Clément eut trop d'heures pour réfléchir et trop de minutes pour attendre. Il lui avait décrit minutieusement sa demeure. Il occupait, au rez- de-chaussée, une chambre garnie, la seule qui donnât sur la rue. Un couloir longeait l'appartement. De la porte d'entrée de la maison, il n'y avait qu'un pas à faire pour être dans la chambre. C'était le maximum de sécurité.

Il se préparait à cette rencontre avec un soin minutieux. Il avait trouvé chez une fleuriste de ces roses-thé qui abondent au mois d'août et qui ont des teintes de robes de soirées ou de chair ivoirine. Les pétales s'infléchissaient comme un corps qui s'abandonne. Il avait posé un gros bouquet sur la table, devant la fenêtre. Il avait tiré les persiennes et fait une obscurité relative.

Il commença à escompter la visite longtemps avant qu'elle se pût produire. Il espérait vaguement que Constance partirait de la fonderie, un peu avant l'heure, sous un prétexte quelconque. Quand la brame de onze heures eut annoncé la sortie du personnel, il entra dans un calcul compliqué. Il évalua dix fois, et chaque fois de façon différente, le temps que pouvait mettre la jeune fille à venir. Il l'imaginait, allant très vite pour gagner quelques minutes et en allonger d'autant la visite. Il indiquait, mentalement, des raccourcis, le trottoir de gauche du boulevard qui est une ligne enveloppée plus courte.

Il marchait dans la pièce, ne tenant pas en place. Il entrouvrit la porte donnant sur le couloir. Ce serait du temps de gagné et l'entrée de Constance serait facilitée. Il ne se rappela plus, tout à coup, si la serrure de la porte d'entrée de la maison était assez douce pour ouvrir. Il trembla que la grosse poignée de bronze ne fût difficile à ouvrir et que la petite main ne s'y fatiguât. Il vérifia ce détail, s'assura que tout allait bien, revint à pas de loup pour entendre chaque bruit de la rue.

Il avait maintenant l'oreille tendue et la finesse de l'ouïe lui semblait augmentée. Il percevait des pas lointains, analysait les bruits, écartait la cadence lourde et heurtée des pas des travailleurs fatigués, le frottement des talons des vieillards, le claquement sonore et précipité des pas d'enfants sortant de l'école. Au premier pas féminin — léger, foulant à peine la terre de la pointe du pied, tandis que la talonnette assourdissait la marche — il tressaillit, s'élança dans le couloir, mit la main sur la serrure. Les pas se rapprochèrent, furent proches, puis s'éloignèrent.

Ce serait la prochaine femme qui viendrait qui serait Constance. Du reste pourquoi s'était-il premièrement trompé ? La marche de Constance ne ressemblait à aucune autre. Elle était autrement souple et légère. C'était une danse où tout le corps se balançait, eurythmique, sur les petits pieds nerveux. Il imaginait son amie venant à lui et, du coup, l'illusion lui faisait encore supposer qu'un pas proche était le sien.

Il regardait sa montre sans cesse. Quand l'heure de la visite possible fut arrivée, il était excédé par l'attente. Il s'assit, troublé, le cœur battant à grands coups, les jambes brisées, sur le canapé qui occupait le fond de la chambre. Il appuya la tête sur un des rebords et son regard erra dans la demi-obscurité.

Il s'amusa à un jeu puéril qui lui rappela son enfance. Alors qu'il était très jeune, sa mère l'avait un jour couché dans une chambre pareillement close. Au-dessus des grands rideaux fermés, une clarté filtrait et dessinait sur le plafond un éventail de lumière. Or, des ombres passaient, comme des rayons de l'éventail, se détachant d'un des triangles obscurs, tantôt de gauche, tantôt de droite ; des ombres qui étaient précises vers la fenêtre, d'un trait étroit et dur, et s'estompaient en s'éloignant vers le centre du plafond. On eût dit qu'on prenait des fagots d'ombre à un tas pour les porter lentement à l'autre. L'enfant ne savait pas alors que ces mouvements étaient produits par les allées et venues des passants dans la rue ; il s'étonnait seulement que, pour tant porter de branches d'ombre à droite et à gauche, les tas n'augmentaient jamais. Et soudain, Clément se rappelait cet étonnement de ses premiers ans et souriait à son passé.

Ce jeu l'occupa un instant sans le détourner de son attention. Il mesurait maintenant le rayonnement des ombres et en jugeait la provenance, leur mouvement étant inverse à celui des passants qui les créaient. Il y eut des piétinements ; c'était le moment le plus intense de la circulation. Constance pouvait entrer d'un moment à l'autre. Puis il fut presque tard pour espérer sa venue, à moins qu'elle eût dû faire des achats et en fût retardée. Pendant quelques minutes, Clément se raccrocha à cette dernière espérance. Et quand la demi-heure sonna, il prit son parti. Il sortit et marcha vers sa pension d'une allure qui voulait être détachée.

Tout le jour, aux chantiers de la ville nouvelle, en observant de loin l'activité croissante de l'atelier de chargement, Clément songea qu'une confusion avait pu s'établir quand le rendez-vous avait été pris. En tous cas, une précision plus grande devait être apportée pour une autre date.

Le lendemain matin, il trouva un prétexte pour aller voir Terpain, et, comme celui-ci le reconduisait à travers le bureau où écrivait Constance, il dit à haute voix :

— Je cours chez moi, quelqu'un doit y venir à onze heures.

Il avait regardé la jeune fille en parlant et elle avait voilé un regard complice.

Cette fois il était sûr de sa venue. Il attendit à peine. Et quand il entendit les pas légers et précipités, il alla lui-même ouvrir la porte de la rue. Constance était sur le seuil. Elle était toute baignée de soleil. Elle avait des roses sur son chapeau et ses lèvres s'offraient.

XXI

Constance vint plusieurs fois chez Clément et chaque rencontre les mettait aux prises, dans la lutte éternelle des sexes.

Il lui enlevait son chapeau, l'enveloppait de ses deux bras, cueillait les baisers, sentait le jeune corps se tendre comme à la première étreinte. L'heure était-elle arrivée de la possession complète ? Il le croyait, esquissait des caresses plus exactes. Il se sentait repousser. Il tenta de ces manœuvres perfides qui viennent à un but en paraissant l'abandonner. Toujours son intention était découverte. Il essaya d'employer, avec autant de douceur, toute la force physique qu'il possédait. Ce fut la lutte âpre et silencieuse qui devenait tout de suite odieuse, plus encore à lui-même qu'à Constance. Elle était fiévreuse. Elle disait :

— Vous ne m'aimez pas. Vous ne m'aimez pas.

— Mais si, ma chérie, c'est parce que je vous aime, que je vous veux.

— Ce n'est que du désir. Vous ne savez pas attendre.

La brutalité de Clément tombait. Il s'excusait et tout de suite il se rendait compte que Constance n'était pas beaucoup fâchée. Elle paraissait comprendre qu'une loi inexorable de la nature forçait l'homme à être violent dans son appétit de la chair. Elle souhaitait que son ami fût "autrement". Un jour qu'il avait été particulièrement hardi dans son impatience, elle s'était appuyée au mur, les bras écartés et palpant nerveusement la tenture, elle avait dit :

— Restez à votre place. N'approchez pas ou je vous jure que je ne reviendrai jamais plus.

Et, quand il avait obéi, elle s'était montrée caressante par l'inflexion donnée aux paroles :

— Je vous parais lointaine. Je m'en accuse. Au fond, je ne suis qu'une petite fille qui aime les petites caresses et que le désir épouvante. L'idée de la possession me glace. Vous m'auriez plus câline et plus près de vous si je vous sentais en ce moment moins fou.

Il se calmait alors tout à fait. Il entreprenait une conversation par persuasion et faisait appel à ses lectures.

Il montrait une grande soumission et une profonde loyauté.

— Je saurai attendre. Je veux que vous me fassiez librement l'aumône d'amour. Je suis un pauvre qui passe ; je ne puis que supplier la belle dame en tendant mon cœur comme une sébille. Ne me faites pas trop languir, j'ai faim.

Il essayait de cacher son émoi en se montrant gai et badin. Lui- même songeait à ces feux d'artifice qu'on tirait jadis dans les parcs somptueux et qui attiraient l'attention des invités pendant que des couples habiles cherchaient l'ombre des futaies. Il faisait des mots et, sous l'excitation de sa passion, s'étonnait d'en trouver d'amusants.

Parfois Constance l'écoutait, en rôdant par la chambre, en furetant dans les coins, en renversant les piles de papiers placés sur la table. Un jour, elle prit un livre, et gravement, s'installa dans un fauteuil, prétendit lire.

— Qu'avez-vous entre les mains, Constance ?

— Les *Lettres de mon Moulin.*

— Attendez alors que je choisisse une lecture.

Il feuilleta un instant le volume, l'ouvrit en appuyant des deux paumes et le mit sur les genoux de la lectrice à la page si joliment dédiée par Alphonse Daudet à Pierre Gringoire.

- Mais vous ne saurez pas lire. Vous voudrez suivre toutes les lignes. Ce sera trop long.

Il vint s'agenouiller auprès d'elle. Il lui passa un bras autour de la taille qui fléchit. Il eurent leurs visages qui se touchèrent et en tournant un peu le livre, Clément lut à haute voix avec des intonations comiques :

"Qu'elle était jolie, la petite chèvre de M. Seguin. Qu'elle était jolie avec ses yeux doux... docile et caressante... un amour de petite chèvre..."

Il sautait des alinéas entiers, comme la petite chèvre devait sauter les torrents. Il raccordait les phrases, en apparence négligemment, mais de manière à donner à l'héroïne de Daudet une personnalité quasi humaine.

"Quand la chèvre blanche arriva dans la montagne, ce fut un ravissement général. Jamais les vieux sapins n'avaient rien vu d'aussi joli. Les châtaigniers se baissaient jusqu'à terre pour la caresser du bout de leurs branches, les genêts d'or s'ouvraient sur son passage et sentaient bon tant qu'ils pouvaient. Toute la montagne lui fit fête."

Le lecteur s'interrompait parfois. Il était seul pour manifester le ravissement général. Les châtaigniers et les genêts d'or qu'il évoquait le poussaient à agir pour eux, à caresser la visiteuse ivre de liberté. Il n'y manquait pas.

Et, bientôt, il prit le ton tragique des acteurs des petits théâtres :

"Tout à coup le vent fraîchit. La montagne devint violette, c'était le soir... Ce fut un hurlement dans la montagne.

"La chèvre entendit derrière elle un bruit de feuilles... C'était le loup."

Le duel inégal fut vite raconté. La conclusion, du reste prévue, seule importait.

"Il était là, regardant la petite chèvre blanche et la dégustant d'avance. Comme il savait bien qu'il la mangerait, le loup ne se pressait pas.

"Elle se dit qu'il vaudrait peut-être mieux se laisser manger tout de suite ; puis s'étant ravisée, elle tomba en garde... Cela dura toute la nuit.

"Alors le loup se jeta sur la petite chèvre et la mangea."

Le loup ne paraissait pas trop cruel. Il obéissait à son instinct et la petite chèvre avait choisi elle-même son destin, puisqu'elle était venue dans la montagne.

Clément disait :

— Pourquoi ne pas se laisser manger tout de suite ?

— Blanquette a eu raison de fixer elle-même son heure, répondit Constance.

Et dès lors, il fut souvent question de la chèvre de M. Seguin. Quand se rendrait-elle ? A dire vrai, dans la lutte, l'homme ne l'emportait pas toujours en énergie. Il avait des instants de découragement, d'amertume. Il avait cru, en de certaines heures, à plus de tendresse et d'expansion, et, tout à coup, comme dans la forêt, il se heurtait à une volonté farouche. Le visage de la jeune fille devenait dur et hostile. Alors, il s'éloignait. Il s'asseyait dans un angle opposé de la chambre. Il se cachait la tête dans les mains. Il essayait de raisonner, de s'expliquer l'opposition irrationnelle des attitudes : Constance entrant presque hardiment chez lui, dans la chambre, au risque d'être vue, tendant ses lèvres et se refusant ensuite avec une obstination invincible.

Elle l'observait pourtant. Elle ne tenait point à le désespérer. Certain jour qu'il s'était montré, à la suite de son refus, particulièrement peiné, elle vint à lui, droite, émue comme si elle marchait au sacrifice.

Il la vit déboutonner rapidement son corsage, dénouer le ruban de la chemise nerveusement et faire jaillir de la blancheur du linge la blancheur nacrée de l'épaule. Elle tendit, comme une compensation dont elle savait le prix et comme les arrhes d'un abandon prochain, sa chair au baiser, et prenant la main de Clément, elle la posa elle-même sur la globe de son sein qui émergeait.

XXII

Les jours du vieux parc de la Fonderie semblaient comptés.

Déjà, en bas, en attaquant le massif sablonneux, que des veines d'argile colorée tranchaient comme des blessures, les terrassiers avaient fréquemment déchaussé les racines des arbustes, par la coulée du terrain.

La végétation semblait se cramponner à la crête de la paroi inclinée. Les troënes s'inclinaient vers l'abîme, balançaient l'odeur puissante de leurs fleurs. D'autres ramures légères faisaient pendre des grappes rouges. Et, lentement, les branches s'abaissaient jusqu'à se coucher, vaincues.

Au début d'août, il y eut de grands orages, une colère du ciel en démence menaça la ville de son feu souverain.

Les eaux superficielles coururent dans les allées du parc, atteignirent la pente du talus, dévalèrent vers la fonderie en entraînant les terres molles.

En plein orage, Terpain, de son cabinet, entendit un bruit insolite, un fracas mêlé à un sifflement, presque un cri, puis des froissements qui ressemblaient à des coups d'ailes gigantesques, et, dans les vitres, coururent des ombres comme si, de fait, un vol d'oiseaux surnaturels s'était abattu.

Il sortit malgré la pluie diluvienne.

Et il vit, au bas du talus, dans l'écrasement des choses mortes, un des marronniers géants du parc, que la pluie avait miné et qui avait décrit un arc immense pour s'abattre dans la cour de l'usine.

Les racines étaient brisées comme des membres écartelés. Une branche énorme maintenait le tronc un peu au-dessus du sol comme s'il faisait effort pour se soulever. Les mains palmées des feuilles s'abandonnaient sans espoir à la souillure de la boue.

Terpain eut un peu de tristesse. La chute de l'arbre marquait la défaite de la nature qui s'obstinait à parer la terre quand l'épouvante de la guerre régnait.

Nécessité, sans doute, pour l'homme d'asservir les forces éparses, de faire place nette pour ses labeurs fiévreux ! Mais combien d'années faudrait-il pour rendre au domaine de la civilisation sa grâce détruite ?

L'ingénieur songeait aux grandes forêts de chênes, deux et trois fois centenaires, que des troupes dévastaient sans méthode, gaspillant, brisant, avec un vandalisme qu'excusait à peine la hâte d'aboutir. Quels joyaux la France perdait pour sauver son honneur et son intégrité ! Enfin elle se parerait de ses blessures, à l'heure des coquetteries de la paix.

Terpain voulut sauver du moins la futaie du parc. Il fit établir un projet de soutènement et, bientôt, on commença d'édifier un mur incliné, plus épais à la base, qui devait fixer le terrain du talus.

Mais de nouvelles nécessités le contraignirent à disposer du plateau, à violer l'ombre bleue arrondie sur les pelouses où dansaient des branches basses de bouleaux.

Déjà il avait été forcé de prendre tout un coin, de jeter, épars, les bois verdis d'une hutte élégante couverte de chaume - reposoir à la gloire des divinités sylvestres - et de massacrer un fourré pour établir des bureaux de dessin. Un bâtiment de briques s'élevait, dont la laideur et la vulgarité le choquaient.

La Compagnie lui ordonnait maintenant de doubler les ateliers d'usinage d'obus. Des besoins croissants, pour parer à des offensives de plus en plus redoutables, forçaient l'Armement à intensifier la production. Une avance momentanée de l'ennemi contraignait les industries à refluer dans le pays, à se développer surtout là où la menace n'était pas suspendue.

Terpain fit appel à l'entreprise Durquoy pour édifier les constructions dans un délai très court. Et, comme il n'avait plus de surface libre que dans le parc, il le livra, la rage au cœur.

De nouveau l'ingénieur passa avec Clément Meusnier dans l'allée des marronniers, tordus dans une souffrance somptueuse, et cette fois, c'était pour prononcer du regard un adieu.

XXIII

La vieille maison d'habitation, abandonnée, dormait au milieu du parc, la façade close.

La végétation des pelouses et des parterres s'en était approchée peu à peu, timidement, comme si elle craignait encore le râteau et le sarcloir du jardinier. Puis de petites herbes folles avaient couru entre les graviers de l'allée. Elles faisaient signe aux autres d'un mouvement de leur tête légère.

- Venez voir. Il n'y a rien à craindre !

Un pissenlit, le premier, avait donné l'exemple d'une audace excessive, en poussant entre les marches disjointes du perron. Il avait écarté au soleil printanier ses feuilles dentelées que la pierre chauffait doucement. Il avait ensuite dressé sa tête d'or qui le faisait semblable à un roi couronné. Puis, quand sa chevelure était devenue blanche et neigeuse, il avait profité d'un jour de brise pour répandre autour de lui ses graines qui se bousculaient. La conquête était faite. L'herbe régnait partout. Les petits cailloux du chemin étaient depuis longtemps invisibles. Les soupiraux des caves étaient obstrués et, au seuil, devant les volets de bois qu'une lente pourriture dentelait, dans le bas, une ombelle se balançait avec des grâces présomptueuses.

C'est une chose étrange qu'une maison abandonnée.

Les façades, pour notre satisfaction, doivent ouvrir leurs fenêtres comme les visages leurs yeux. Les volets clos sur le silence paraissent enfermer des souvenirs inavouables roulés dans l'étoffe rouge des péchés et des crimes. Les maisons fermées cachent les hontes comme les paupières baissées cachent les vices.

Et la lente montée des herbes sauvages autour des murs désagrégés paraît un souci de la nature d'ensevelir le passé, de faire disparaître toute matérialisation du souvenir.

Un jour, Clément Meusnier poussa une porte de service vermoulue, entra. Il cherchait une pièce pour installer un bureau de surveillant. Tout de suite, il fut saisi par l'odeur de moisi, le relent des choses mortes dans l'ombre. De la suie traînait sur les parquets de chêne, en feuille de fougère, des salons où le monde élégant de l'Empire avait dansé. Les portes, à deux battants, restaient ouvertes. Il imaginait, à l'entrée, les valets, en culotte de satin et en bas blancs, annonçant des visiteurs, pour l'instant invisibles.

Il traversa l'obscurité des salons, marcha vers la clarté du vestibule où des glaces, comme étonnées de servir à quelque chose, lui renvoyaient son image. Mais le tain était en partie détaché ou obscurci. Les traits ne gardaient point leur netteté, les teintes s'affaiblissaient. Clément se vit vieilli, fatigué, tiré par l'ambiance dans l'ombre du passé. Il eut crainte, soudain, qu'un sortilège pesât sur lui, lui fit franchir les belles années qui le séparaient de l'âge où le corps se déforme et se corrompt. Il eut peur de la vieillesse, antichambre de la tombe. Il grimpa aux étages supérieurs, enjambant deux marches à la fois, les marches que des traînes parfumées avaient baisées au passage.

Le spectacle au second était différent.

Les persiennes avaient perdu plusieurs de leurs lames et laissaient entrer le soleil. On avait entassé de vieux meubles, des guéridons, des fauteuils dont les courbes molles d'acajou invitaient au repos ou à la conversation légère. Il n'y avait qu'à souffler sur la poussière qui recouvrait les cuirs verts des sièges, à ouvrir les fenêtres en dérangeant un peu les araignées, dont le lent travail n'était pas parvenu, après des ans, à tisser un linceul à la lumière.

Clément monta encore, parvint aux combles. Une sorte de petite tour y communiquait et il se trouva dans un atelier qui paraissait n'être abandonné que d'hier.

Les sièges bas de rotin entouraient les selles à modelage. Au mur restaient accrochés des masques de plâtre. Un rideau de vigne vierge, à la fenêtre, laissait pendre ses feuilles, dont quelques-unes s'empourpraient. Un balcon de bois, semblable à un nid accroché au bâtiment, dominait le vaste déroulement de la cité, active sous ses panaches de fumée.

Et Clément redescendit, songeant au cadre nouveau qu'il venait de découvrir à son amour. Il avait hâte de rencontrer Constance.

XXIV

Ce fut vers la fin de l'après-midi que vint Constance.

Elle fit un long détour dans le parc, attentive à se dérober aux regards des ouvriers qui, déjà, sur le rebord du plateau, maçonnaient à hauteur d'homme. Elle allait parfois d'arbre en arbre, se cachant derrière les piles énormes et rugueuses, franchissant d'un bond les espaces vides. L'aventure l'amusait.

Elle parvint à la petite porte et poussa un cri léger. Clément, qui l'attendait, se trouvait derrière le battant et l'avait de suite saisie, cherchant sa bouche. Elle se défendait, le visage caché sous les avant-bras. Mais elle riait avec des éclats mal contenus. Ses yeux gardaient une lueur de joie, sans doute d'avoir couru dans les fourrés du parc. Ses narines frémissaient comme des ailes de papillon pris au filet.

Elle se décida, laissa cueillir le baiser et s'enfuit, monta en courant l'escalier vers l'atelier poussiéreux. Elle remplissait la vieille demeure du bruit de sa course et de son rire. Car, maintenant, elle ne s'arrêtait plus de parler. Elle prétendait réveiller les échos endormis des couloirs profonds. Elle se penchait sur la rampe, regardait son compagnon, plus lent à grimper, le taquinait.

— Mon pauvre ami, vous n'atteindrez jamais le ciel.

— Je compte, cependant, y arriver bientôt.

— Vous voulez mourir ?

— Non, aimer !

— Alors, c'est le septième ciel, et il est bien plus haut.

— Du tout, il n'est qu'au troisième étage.

C'était l'habituel emploi des paroles ambiguës qui continuaient le jeu de leurs gestes et fouettaient leurs désirs exacerbés. Combien de temps allait encore durer cette poursuite. La montée de l'escalier était pour Clément un symbole. La jeune fille lui échappait; mais c'était pour peu de temps : il la rencontrerait plus haut, plus loin du monde, et leur griserie serait encore augmentée.

Plus qu'un étage à franchir. Clément observait du palier Constance, qui se retournait encore, lui riait. Elle avait le visage coloré et le raccourci donnait aux pommettes une proéminence plus grande. La bouche paraissait saigner. Les yeux étaient demi-clos, dans une grande tache de bistre. C'était, ainsi aggravée, une physionomie d'amoureuse pâmée.

L'atmosphère de passion, où ils vivaient depuis plusieurs mois, semblait du reste avoir modifié son aspect physique comme sans doute sa personnalité morale. Elle avait perdu peu à peu cette brusquerie et cette hardiesse, qui était une survivance un peu attardée de ses habitudes de petite fille. Un peu de langueur s'était mêlée à ses pensées comme à son corps. En même temps qu'elle se montrait plus réservée avec tout le monde, elle sentait le besoin de dérober les clartés soudaines de son regard. Elle n'y réussissait pas toujours, et ceux qui la connaissaient se demandaient quel était le bonheur qu'elle arrivait si mal à voiler.

Elle fut une fée regagnant son domicile qu'elle transfigure. L'atelier semblait l'avoir attendue et se réjouir de sa présence. Les objets lui souhaitaient la bienvenue et la reconnaissaient. Elle était la beauté qui, jadis, avait animé la glaise sur les selles, branlantes aujourd'hui.

Elle allait et venait, fouettant les sièges du vol de sa jupe courte, époussetant et essuyant les fauteuils d'osier, distribuant des sourires et des grimaces aux plâtres accrochés. Clément n'avait qu'à la contempler, qu'à la laisser agir. Elle s'improvisait maîtresse de maison.

Elle paraissait danser, tant ses évolutions avaient de rythme et de grâce.

Clément était assis et ne détachait plus ses regards du mouvement gracieux des genoux sous l'étoffe, ni des jambes nerveuses dans la bottine haute.

Tout d'abord, elle était allée à la fenêtre qu'elle avait ouverte. Elle avait écarté le plan de vigne vierge, s'était penchée à peine au dehors. Puis elle avait détaché une branche souple où les teintes mourantes de l'automne proche paraient déjà les feuilles. Et, un instant, à son retour, dans la poussière d'or de la lumière du soir, elle avait paru accomplir quelque rite d'art ou de foi, en balançant l'écharpe frêle de feuillage.

Elle se déplaçait, dans un balancement égal des hanches, s'arrêtait devant une tête de vierge, les bras levés, la poitrine saillante, une jambe un peu oblique, tendant l'étoffe de la jupe, et le pied penché. Elle était une prêtresse de l'antique Grèce apportant les présents de l'automne à la divinité.

Quand elle eut tressé une couronne, où éclataient les tons pourpres, elle ceignit le front de la vierge de plâtre. Mais Clément s'était levé, avait à son tour détaché un brin de vigne à la fenêtre, fait la même couronne, et il vint en couvrir les cheveux sombres de Constance.

Alors il y eut face à face deux divinités, l'une vivante, l'autre morte en sa face de plâtre. Et Clément se prosterna en souriant devant elles, mais son adoration allait toute à la première.

Au-delà du balcon, l'encens montait aux cheminées des usines.

XXV

Les deux amoureux vinrent souvent peupler l'ombre des couloirs de leurs baisers. La vieille demeure était complice, cachait jalousement leur secret sous sa façade close.

Elle paraissait pleine de ces complaisances des personnes qui font profession d'en avoir. Elle les accueillait de son silence approbatif. Une légion mystérieuse d'êtres semblait tenir les portes ouvertes devant eux et la résonance des salles vides répétaient leurs propos légers et leurs rires comme une cour se redit les bons mots des souverains.

Au départ, la maison avait l'air de les inviter à revenir en leur prêtant jusqu'à la dernière limite la garantie de son obscurité.

Car ils restaient assez tard parfois. Constance quittait le bureau pour traverser les magasins et les hangars un peu avant l'heure de la sortie du soir. Elle montait au parc; et, les maçons ayant fait une brèche au mur extérieur, sur une rue déserte de la ville haute, elle n'avait, plus tard, qu'à fuir par là, en prétextant auprès de sa grand'mère qu'elle était restée après l'heure pour mettre des papiers en ordre.

Clément venait par le chemin inverse, visitait un instant le chantier, parlait au surveillant, faisait mine de partir et gagnait la maison derrière les massifs d'arbres.

Il avait le temps de faire le tour du vieil atelier, de relever une feuille sèche, de déplacer quelques sièges.

Il attendait ensuite et c'était un moment délicieux.

Il prêtait l'oreille aux bruits légers qui montaient du parc profond. Parfois une petite branche morte, en tombant, ou un vol d'oiseau à travers les feuilles lui faisaient croire que Constance arrivait. Il attendait sur le seuil de la chambre, et était un peu dépité. Cela ne durait guère. Tout à coup, la porte vermoulue et rouillée grinçait au bas de la maison. Des pas atteignaient l'escalier, des pas qui se précipitaient, au fur et à mesure qu'ils se rapprochaient. Il n'avait qu'à peine le temps de sortir, de s'approcher du haut des marches pour recevoir dans ses bras Constance qui haletait.

Mais elle s'évadait. Elle ne donnait pas tout de suite ses lèvres. Elle faisait sa visite aux masques de plâtre. Puis, elle s'asseyait, plus fatiguée qu'elle ne voulait paraître.

Clément s'approchait, tirait un siège, s'installait tout près, prenait dans ses mains les petites mains froides. Il les caressait, les embrassait doigt par doigt. Il était ému d'y trouver parfois des piqures d'aiguilles et questionnait la jeune fille :

— Quelle robe se prépare pour l'enchantement des hommes ?

Il ne songeait qu'à sa propre joie de voir Constance vêtue avec grâce, rivalisant de goût avec ses camarades qu'un égal souci d'élégance poussait irrésistiblement.

Alors, ils discutaient de modes. Elle voulait l'avis de son ami. Elle disait :

— Puisque c'est pour vous !

Un jour elle lui parla de la broderie qu'elle faisait, aux veillées revenues. Elle préparait un empiècement pour une chemise. Et elle termina :

— Du reste, vous le verrez.

Elle avait un peu rougi. Il la trouvait adorable de franchise. Des mots comme celui-là évoquaient des joies prochaines, à une date qu'aucun des deux ne songeait plus à fixer.

Parfois, pourtant, il la questionnait, lui laissant toute liberté, acceptant d'avance sa décision. Elle disait:

— Je viendrai un jour qui ne sera pas comme les autres jours. Je serai plus lasse, plus tendre aussi. Je dirai tout bas : oui ! et vous comprendrez. Attendez ce jour.

Il attendait. Il avait pris son parti d'attendre. Il se faisait très doux. Il disposait les sièges le mieux possible. Il faisait étendre Constance et elle reposait la tête sur la poitrine de l'amant. Il la caressait doucement, avec des mots qui calment les enfants. Il chassait l'ironie qui peut blesser par ses flèches légères.

— Ne faisons pas d'esprit. Nous nous aimerions moins.

Ils arrivaient à une communion parfaite de leurs âmes. Des expressions leur devenaient communes. Des pensées leur naissaient simultanément. Ainsi, ils auraient voulu rester des heures. Malheureusement, le soir était court. L'agonie du jour durait peu en septembre.

Des ombres semblaient se détacher de la paroi éloignée, des vieux meubles, et venir danser au milieu de l'atelier. Le plafond lui-même s'obscurcissait dans les angles opposés à la fenêtre, laissant seulement un trapèze encore clair. Le relief des masques de plâtre s'affirmait plus durement. Puis un peu plus tard, tout le blanc se délayait, fondait.

Clément, penché sur Constance, ne voyait plus que la lueur attardée en ses yeux.

Alors ils se levaient à regret et regagnaient la ville bourdonnante, l'un après l'autre, par la brèche du parc.

XXVI

Vint l'automne. La ville revêtit son manteau de brouillard. Il n'y eut presque pas de transition entre les derniers sourires de septembre et les premiers frissons d'octobre. Un instant, les arbres des places, des cours et des avenues formèrent la couronne d'or de la saison mourante. Puis l'été épars gît partout, parmi les feuilles sèches qui tourbillonnaient autour des bancs des promenades, sous les vagues jaunes du fleuve dont le clapotis, le long des berges désertes, ressemblait à un baiser d'adieu.

L'immense activité des industries absorbait toujours, et de plus en plus, la population. Les rues, aux heures d'entrée et de sortie, s'emplissaient d'un piétinement hâtif ! La boue diluée par les pluies continuelles et pilonnée, gagnait les trottoirs. Une tristesse planait, qui saisissait les promeneurs du dimanche et les accompagnait tout le jour.

Les voies, ce jour-là, étaient pleines de gens désœuvrés. Nombre d'ouvriers appelés par le développement usinier, mobilisés ou libres, étaient venus grossir le nombre des habitants.

Ils logeaient dans des chambres sordides, des masures, des mansardes, des recoins infects qu'un appétit soudain de lucre avait transformés en garnis. Parfois des familles entières, venues auprès du chef, ou réfugiées, avaient dû se contenter de ces abris. Le bonheur de se trouver réunis ou hors de danger faisait oublier la promiscuité dans laquelle elles vivaient. Les enfants et les jeunes filles s'y anémiaient, perdaient leurs belles couleurs. La tuberculose semait pour l'avenir à larges sillons. Et ces tanières prenaient, comme toutes choses, une valeur considérable. L'habileté de quelques ménagères, qui avaient sous-loué un coin d'appartement, déjà trop restreint, avait incité toute la ville à une imitation profitable. Les plus pauvres des locataires, qui avaient gémi jadis, justement, contre les exigences des propriétaires, se révélaient à leur tour âpres au gain, d'une rapacité dont nul n'osait se plaindre, parce que, sans doute, la cherté de la vie croissante excusait tout.

Mais le dimanche offrait la possibilité pour la population immigrée de chercher au dehors des distractions et surtout de sortir des logis insalubres et odieux.

Des foules flânaient le long du dimanche, s'arrêtaient aux rares devantures ouvertes, envahissaient les cafés, se coudoyaient, se heurtaient dans un mouvement lent et continu.

Aux approches de l'hiver, les Kabyles, à qui la Pyrotechnie donnait également le repos dominical, se montraient frileux. Ils accumulaient les lambeaux d'étoffes, de couleurs invraisemblables, et s'entouraient les jambes, le corps et la tête de bandes de toile salie, de drap élimé. Ils erraient en troupes, se balançaient sur leurs longues jambes maigres, se saluant au passage d'un mot étrange et guttural, dans un rire qui découvrait leurs dents jaunes.

Un contingent de Soudanais était venu renforcer l'effectif des travailleurs. Le bleu lavé de leurs uniformes disparaissait dans l'air gris. Leur bonne figure s'épanouissait devant les étalages. Ils entraient à dix ou à quinze quand l'un d'eux avait à faire de menus achats de victuailles. Leurs bons yeux de chiens fidèles regardaient avec envie. Ils souriaient aux enfants qu'ils croisaient et s'en allaient deux à deux en se tenant par la main.

Des Grecs, aux culottes blanches bouffantes, des soldats italiens sous le képi surmonté de l'étoile rouge, la pèlerine rejetée coquettement sur les épaules, formaient des groupes. Dès qu'un chanteur s'installait à l'entrée d'un pont ou à l'angle d'un cours, il était entouré d'une troupe bigarrée qui n'entendait pas complètement le sens des paroles; mais qui approuvait le rythme par des mouvements de têtes.

Quand une jolie fille passait, un concert d'hommages s'élevait dans toutes les langues. Au début, les Africains s'étaient montrés timides et réservés. Leur convoitise n'osait pas s'élever jusqu'aux femmes fines et gentiment parées, qu'ils rencontraient. Puis des mains vénales, habituées à satisfaire les désirs des mâles sans dégoût, se tendirent vers l'argent qu'ils amassaient ingénument. Ils connurent les voluptés tarifées et les tarifs s'élevèrent un peu, ils ne parurent point s'en plaindre. D'étranges unions eurent lieu aux quartiers bas de la ville. Les rues étroites et sombres rappelaient probablement aux Algériens des coins malodorants de kasbah. Ils y vinrent , la journée finie, retrouver les filles à la chair blanche et grasse qui les attendaient, les poings sur les hanches, au bas d'escaliers disjoints.

Pour les moins habiles et les moins riches, la maison de joie offrait un asile momentané. Ils l'emplissaient d'une galopade effrénée. Leurs désirs, trop longtemps contenus, s'exhalaient en cris et en chants. Ils s'enhardissaient par leur nombre. Il fallut que les tenanciers organisent un véritable service d'ordre, par une application imprévue du système Taylor. Alors, les troupes, se disciplinant elles-mêmes, établirent un mouvement d'entrée, chacun respectant les droits de son prédécesseur. Du moins, il fallait occuper les heures d'attente, et, dans la rue, devant la porte et les volets clos, au son d'accordéons langoureux qui prolongeaient deux ou trois notes plaintives, les hommes noirs et cuivrés se trémoussaient pendant tout l'après-midi des dimanches.

Et le soir, les salles de spectacles regorgeaient. Deux théâtres, dont l'un était permanent avec une troupe d'opérette, voyaient leurs places les meilleures louées deux jours à l'avance. C'était, pour la société hâtivement constituée par le bouleversement de la guerre, une distraction de plus en plus appréciée. Le peuple se tenait pourtant un peu à l'écart de ces représentations, gêné que la disposition des places le remisât aux étages supérieurs, en parent pauvre. Il préférait les cinémas où l'ordre des usages était renversé, où les sièges les moins coûteux étaient aux premiers rangs et où une vulgarisation plus encore avaricieuse qu'imbécile abaissait le niveau moral des scénarios. La masse, peu renseignée, mal préparée à juger par les préjugés et l'ignorance, témoignait bruyamment sa joie devant les niaiseries, les bouffonneries et le sentimentalisme fade des feuilletons adaptés à l'écran. Les maisons d'édition flattaient ce goût au lieu de le refréner et pervertissaient puissamment l'âme populaire.

Surtout, le cinéma, avec son étourdissant orchestre et la nuit où il jetait les spectateurs, était propice aux aventures grossières, aux palpations, aux étreintes des mains. Les ruts râlaient dans l'ombre, comme des fauves.

Parmi les rangs où se confondaient les races, les nations, les contingents, dans le hasard qui mêlait la chéchia rouge à la chevelure d'étoupe décolorée, des mains rugueuses se tendaient vers la corbeille d'oranges des marchandes et les fruits d'or circulaient. Parfois l'enthousiasme puéril d'un Sénégalais délirait dans un cri immense qui remplissait la salle. Une joie montait. Le pinceau lumineux de la projection semblait balayer les angoisses que laissait la guerre. Et, à la sortie, des chants s'élevaient qui se divisaient dans la nuit, s'atténuaient, allaient mourir aux quartiers les plus éloignés de la ville.

XXVII

Les chants, à l'atelier, ou à la sortie des spectacles, ne résultaient que d'une joie articicielle, un peu nerveuse, comme si les ardeurs de la jeunesse, trop longtemps comprimées, avaient besoin du mensonge du bruit pour croire un instant à un retour de la vie normale.

Apparence seulement de la gaieté, rires sonnant faux, chansons mourant dans un ton mineur qui valait un sanglot ! Aux approches de l'hiver, la ville souffrait en son cœur tumultueux.

Trop de veuves circulaient en voiles noirs, trop de mères étaient inquiètes, attendaient longuement des nouvelles, devenaient farouches, les traits durcis par une contraction, le regard obstinément fixé vers le nord.

Comme un vol innombrable tourbillonnant dans le ciel gris, les douleurs s'abattaient sur la ville. D'abord une grande gêne s'était fait sentir dans beaucoup de familles ouvrières privées de leur chef, du fait de l'enchérissement des denrées. L'allocation qui, au début de la guerre, avait été calculée pour suppléer à la perte d'un salaire médiocre, ne correspondait plus aux nouveaux tarifs élaborés en commun par les patrons et les délégués des syndicats. Dans quelques industries, les employeurs profitaient de l'état de sujétion où se trouvaient les ouvriers mobilisés pour maintenir la journée à un taux ridiculement bas. Ainsi s'augmentait chaque jour un état de déséquilibre absolu de la société.

Là où la main-d'œuvre était rare, les salaires montaient, suivant la loi d'airain. Un gosse gagnait une quinzaine qu'eut enviée jadis un ouvrier d'art. Il était comme ébloui par sa paye et allait rôder vers les magasins, partait acheter, sans discuter les prix, les objets que sa fantaisie maladroite distinguait.

Ailleurs, un salaire maigre ou une allocation plus réduite encore, contraignaient une famille à imposer silence à la faim.

Mais la clientèle nouvelle, favorisée par les circonstances, pressée de jouir des avantages que lui permettaient ses disponibilités d'argent, déterminait seule les prix de vente des marchandises.

La maisonnée ouvrière connut des jours pleins d'angoisse.

Les vieillards isolés, à peine soutenus par l'assistance mensuelle, les femmes maladives à qui venait seulement l'allocation, les petits retraités, les petits fonctionnaires essayèrent de lutter un instant, d'équilibrer un budget sans cesse déficitaire. Puisqu'ils ne pouvaient acheter avec leurs ressources ce qui leur était nécessaire, ils commandèrent à leur appétit, ils eurent juste du pain, peu de lait, jamais de vin, jamais de viande. Ils eurent faim.

Et ils eurent froid.

La hausse des salaires, la hausse des approvisionnements dans les mines, la hausse des roulages, la hausse des bénéfices commerciaux, l'exploitation éhontée de la douleur humaine par des intermédiaires sans scrupules, donnèrent au charbon, propriété nationale par origine, une valeur accrue. Il devint rare par surcroît. Les pauvres gens durent à peu près renoncer à l'employer. Pourtant, il fallait un peu de feu le matin pour faire chauffer la soupe, avant le départ pour l'usine, dans l'ombre froide. On pensa au bois, mais il devint rare également, acheté en quantité par les maisons riches, débité à prix énormes par les marchands.

Les femmes s'exténuaient à souffler sur la braise du boulanger, s'ingéniaient à produire de la chaleur avec des combustibles hétéroclites.

Dans les tas énormes des laitiers des hauts fourneaux et des scories d'usine, on vit, plus que jamais, des vieilles et des enfants gratter, de leurs doigts brûlés, pour tâcher de découvrir des parcelles de charbon. Ils emplissaient des mouchoirs d'escarbilles, accrochés au flanc de la pente poudreuse, glissant dès qu'ils faisaient un mouvement maladroit, les yeux remplis de poussière au moindre vent. Au bas, ils étendaient leurs trouvailles, par petits tas, chargeaient les escarbilles sur des brouettes, heureux quand le poids était considérable pour leurs bras trop débiles ou trop jeunes.

L'habitude revint, après des années de bien-être relatif, de parcourir les campagnes à la recherche du bois mort. Les vieillards, qui n'avaient connu cette pratique que dans leur enfance, reprirent le chemin oublié des taillis. Ils équilibraient sur leurs épaules déjà courbées, les fagots longs dont les pointes traînaient à terre, et quand ils s'en allaient, par les chemins montants, butant aux pierres qui dépassaient, lents et méditant sur leur misère, ils ressemblaient de loin à d'énormes papillons aux ailes sombres étendues.

Des malheureux, trop éprouvés ou moins scrupuleux, faisaient du feu de tout bois. Des clôtures s'éclaircissaient, des bancs publics perdaient leur dossier. Des arbres entiers, dans la banlieue, étaient tailladés à coups de hachette, disparaissaient et, à leur place, un trou était creusé pour arracher, lambeau par lambeau, les racines.

Un matin, de la fenêtre de son bureau, au chantier, Clément aperçut un très vieil homme couvert d'un capuchon, arrêté auprès d'un tas de bois qu'on venait de recevoir à l'entreprise Durquoy. Devant tant de bûches, le vieillard était comme en extase. Sans doute supputait-il la joie qu'aurait apportée cette provision chez lui. Il eut une telle vision du feu vivant dans l'âtre qu'il tendit vers le bois ses mains racornies, aux veines gonflées comme des cordes. Et ce fut probablement plus fort que lui. Il voulut toucher le bois, du beau chêne en cylindres propres, aux bases claires, fraîchement sciées, où les nervures dessinaient des cercles concentriques. Il prit un morceau, l'éleva près de ses yeux éteints, le palpa avec ravissement. Et, d'un coup, il le dissimula pour prendre une seconde bûche. Dans le mouvement qu'il fit la première tomba. Il se baissa encore, essaya de la ressaisir. Il n'y parvint pas. Il ne pouvait décidément emporter qu'un morceau de bois, pas trop lourd. Et pourtant il ne s'éloignait pas. Il resta longtemps devant le tas, navré de n'être plus assez robuste pour voler.

XXVIII

Constance avait manqué à deux ou trois rendez-vous successifs. Elle ne s'en était pas excusée. Les billets de Clément étaient restés sans réponse. Novembre qui jetait son crêpe sur les choses, versait la tristesse au cœur de l'amant. Il cherchait, comme jadis, dans les jardins de son souvenir, les fleurs les plus belles pour en respirer le parfum. Mais le bouquet des pensées se fanait vite. Des doutes rôdaient, soufflaient leur haleine mauvaise, ne s'éloignaient que pour revenir.

Le travail offrait une diversion pendant le jour. Meusnier s'occupait activement des nouvelles constructions qui s'ajoutaient à l'atelier de chargement, devaient le doubler, sans qu'on sût encore si d'autres plans ne l'agrandiraient point. La ville du fer et du feu mangeait la campagne, entamait les champs mornes, côtoyait le fleuve pendant deux ou trois kilomètres. Et, à mesure que les bâtiments étaient terminés, des équipes de travailleurs venaient les occuper, les rails s'allongeaient, les trains déversaient les obus vides et emportaient les caisses soigneusement emballées. Locomotives de tailles différentes, camionnettes électriques, voitures automobiles circulaient sans cesse, arrêtant parfois à un croisement de voies un mulet du Poitou traînant une longue suite de wagonnets sous la conduite d'un Arabe.

Au changement des équipes, une animation emplissait l'avenue de la pyrotechnie. Les groupes se croisaient. La mère rencontrait la fille — chacune faisant alterner sa présence au foyer et à l'atelier, — des commissions et des recommandations s'échangeaient, accompagnées de baisers sonores. Les Arabes, gênés par ces épanchements, emportaient dans leur sillage leur odeur violente de poudre. Les Italiens défilaient, propres et impassibles.

Quelques minutes après, le défilé était terminé. Tout rentrait dans l'ordre. Le bruissement des machines, le frémissement des moteurs indiquaient seuls au dehors la fièvre du travail qui tenait une nouvelle équipe occupée.

Pour faciliter l'embauchage des jeunes mères, une pouponnière avait été installée. Sous leurs rideaux de mousseline, les petits enfants dormaient à poings fermés. Ils dormaient sur un volcan. Dans les casemates profondes, où s'entassaient les poudres d'explosifs, la moindre étincelle pouvait déterminer la catastrophe. La terre tremblerait et s'ouvrirait. Le feu monterait jusqu'au ciel.

Pourtant nul ne songeait à cela. Les mères, dont l'instinct toujours en éveil prévoit les moindres dangers, étaient seulement heureuses d'avoir leurs petits tout proches. La mitraille se faisait calme et prenait des aspects d'innocence. Elle entourait le sommeil des berceaux en préparant celui des tombes.

Clément Meusnier prenait, avec la foule, le train spécial qui ramenait les équipes au milieu de la ville ancienne. Il s'amusait un instant des quolibets, des taquineries qui s'échangeaient. Les jeunes filles se préoccupaient peu de la présence d'un inconnu. Elles conquéraient le train, s'installaient partout, s'accrochaient aux barres, grimpaient aux échelles des conducteurs, mettaient de la gaieté, des rires et des chants tout le long de la route, jusqu'au moment où, sans attendre l'arrêt de la machine, elles sautaient sur le quai de la gare et se bousculaient vers la sortie.

Mais les veillées étaient tristes. Ni ses moyens, ni son goût personnel n'appelaient Clément aux cafés, du reste tôt fermés. Il errait par la ville, sur les cours déserts, le long des boulevards où soufflait un vent glacé. Le mauvais temps ne le rebutait pas et semblait au contraire bercer sa mélancolie. Tard dans la nuit et sans qu'il sût comment ses pas l'avaient conduit là, il lui arrivait d'être près de la maison de Constance Rémo. Il levait les yeux, regardait les volets sagement fermés. Il l'imaginait doucement endormie, ses lourds cheveux noir bleu en nattes, entrouvrant sur les dents pures les lèvres qu'il avait baisées.

Un soir où il avait besoin de bruit, d'étourdissement, il entra dans un cinéma à une heure avancée, se laissa guider par l'ouvreuse, s'assit, hébété, le regard mal accommodé à l'obscurité relative.

Que projetait-on ? Il n'aurait su le dire et il ne s'attardait pas aux complications de la pièce. Il fermait au contraire les yeux au moment où passaient les titres et leurs commentaires. Il ne recherchait que la vie intense des tableaux animés, une vision qui l'emportait loin de la nuit pesante et froide.

C'était, à n'en pas douter, un film italien, développe dans un de ses admirables décors où tout est harmonie. Sur la mer Ionienne — il se plut à la nommer ainsi — en vue des côtes rocheuses où fleurissaient les villas blanches aux toits plats, une barque à la voile sombre — il la supposa pourpre — emportait la joie délirante d'un couple. La mer était calme, un pan de manteau y traînait, et, dressé devant la terre d'amour, le couple éternisait son baiser.

Quel profil connu se révéla soudain à Clément Meusnier, deux ou trois rangs en avant dans la foule ? Pourquoi le baiser qu'il évoquait à ce moment lui amenait-il, sous le regard, l'amoureuse ?

La clarté revint. Constance était là, près d'une autre jeune fille inconnue. Et derrière elle, deux hommes se penchaient, leur parlaient presque dans le cou. Elles riaient.

Alors Clément s'enfuit. Elle ne l'avait pas vu. Ne valait-il pas mieux ? Il se sentit une si grande colère qu'il n'aurait pu se maîtriser. Il vivait, dans son imagination, une scène tumultueuse et pénible. Des brutalités lui contractaient les membres. Quel instinct ancestral lui insufflait maintenant un goût de violence ? L'Age de fer sous lequel il vivait, par le règne prolongé de la guerre, ramenait-il les hommes aux temps ensevelis des cavernes ? Il eut honte, marcha, marcha, pour apaiser ses nerfs, pour mâter ses muscles. Il accomplit un grand détour et revint pourtant vers la salle de spectacle, pour tenter de savoir, se cacher dans la foule à la sortie, observer et suivre.

Le temps perdu à sa course folle le sauva de cette humiliation et de cette souffrance. Les spectateurs étaient sortis. Tout était éteint. Alors, il repartit par les avenues enténébrées. Il fit des crochets pour se rapprocher des groupes épars de personnes attardées. Il prêtait l'oreille. Il croyait entendre dans le silence de la nuit des voix qui citaient un nom :

— Vous savez, la petite Constance. Et bien, mon cher...

XXIX

Clément Meusnier, l'été passé, avait jeté aux échos de la salle de verdure sa prédiction robuste :

— Le feu sauvera la terre du feu !

Ce jour-là, dans sa foi ardente, dans l'enthousiasme du verbe, il avait engagé le concours des forces aveugles de la nature. Puisque telle était la volonté des êtres libres qui se dressaient contre les Allemagnes conquérantes, la terre devait répondre à la menace de l'envahisseur, discipliner les éléments, les contraindre à servir l'œuvre de salut. Mais la terre obéirait-elle ? N'était-ce point trop demander aux puissances cachées ? Même pour le but noble, subiraient-elles la loi de l'homme, elles qui, toujours, à travers les siècles et les millénaires, s'étaient plu à contrarier les desseins de la pauvre humanité, à ralentir, sous les coups d'orages imprévus, la marche douloureuse de la caravane des civilisations ?

Et le premier signe de lassitude et de révolte de la nature parut.

Inlassablement le vieux haut-fourneau élaborait la

fonte et fournissait aux moules la pâte éclatante et docile. Chaque jour, une nouvelle charge s'approchait de sa gueule vorace et il l'engouffrait. Le vent des tuyères poussait la flamme ardente. Une tempête continue grondait dans le sein du colosse; parfois le contremaître, âgé et boiteux, s'appuyait sur sa canne, dans le milieu du hall de la fonderie et contemplait le ventre énorme de brique réfractaire, en hochant la tête. Depuis tant d'années le monstre étalait sa puissance qu'on le pouvait croire éternel. Les flancs ne se fatiguaient-ils point cependant à cette besogne enragée ? Résisteraient-ils, pendant la durée de la guerre, à des températures inouïes, sans arrêt, sans réparations ?

Comme il fallait aller vite, ne pas ralentir la production,

Terpain avait conseillé d'examiner le haut-fourneau extérieurement, de monter sur des échelles, de frapper la carapace d'argile, d'essayer de se rendre compte, au son de l'épaisseur des parois, par une auscultation minutieuse. Un côté avait paru faible. On avait ajouté, par un travail de plusieurs jours, un grand cercle de fer pourvu de tirants et les coulées avaient continué, au milieu de gerbes d'étoiles.

Cet après-midi de novembre, froid et sec, plusieurs ouvriers travaillaient sous le hall à disposer les moules pour le soir. Une colère semblait animer le haut-fourneau. Un grondement continu courait de son corps énorme. Le vent d'hiver semblait s'y réchauffer sans perdre de sa violence.

Et ce fut bref.

Tout à coup, dans le flanc, un point rouge apparut, un monceau de briques fut projeté et un jet étincelant s'élança, décrivit sa trajectoire lumineuse, ne s'arrêta pas, cracha le métal au milieu de l'atelier.

Eblouis, incertains, les hommes fuyaient. Mais ils rencontraient de minces ruisseaux de feu qu'ils n'avaient pas prévus. Ils essayaient de les enjamber et marchaient en plein sur des nappes de fonte rutilante; les pieds horriblement brûlés, la chair corrodée en même temps que le cuir des souliers, ils sortirent dans la cour. Leur cri de douleur était unanime et ininterrompu. On vint, on les entoura. Ils étaient pâles et défaits. Ils s'écroulaient par terre, dans la boue noircie de l'usine. Chacun d'eux portait son regard sur les pieds de son camarade et voyait sa propre souffrance reflétée. Des bras robustes qui se faisaient tendres comme des bras maternels, les prirent, les enlevèrent, les emportèrent, pendant que le monstre achevait de perdre dans sa colère grandissante ses entrailles de feu.

L'infirmerie était petite. On y coucha cinq hommes, qui gémissaient. La surveillante s'affolait, ne savait pas par quel blessé commencer. Les brûlures semblaient continuer de s'opérer. Le cuir fumait encore. Alors tout le monde s'en mêla, Terpain accourut, prit des ciseaux , commença de couper les chaussures, enleva avec précautions les lambeaux qui collaient à la chair. Constance Rémo s'appliquait, blanche, émue, à tendre à l'infirmière l'ouate des pansements.

Il sembla que quelques blessures étaient légères, superficielles et qu'elles seraient vite guéries. Un seul ouvrier donnait des inquiétudes. Des étincelles avaient mis le feu à ses vêtements. Il avait des brûlures par tout le corps. Pour lui, des soins plus complets étaient immédiatement nécessaires. On téléphona inutilement au domicile du médecin de l'usine, qui était absent.

— Emportez-le chez le docteur le plus proche, dit Terpain !

On roula le blessé dans une couverture, on le coucha sur une civière que prirent quatre ouvriers, à l'épaule. Et le cortège alla, précédé d'un employé.

Les médecins demeurés dans la ville étaient peu nombreux et occupés à leurs tournées. L'employé sonnait vainement. Pendant qu'on lui répondait, de la maison, les quatre porteurs s'arrêtaient un instant, puis repartaient, et la civière promenait lentement le martyr à travers les rues.

XXX

L'hôpital était encombré. L'accroissement de la population avait été si rapide que le nombre de lits n'était plus en rapport avec les besoins du service de santé. Les médecins continuaient de décider l'hospitalisation de gens qu'on ne pouvait recevoir.

D'abord on avait, au mépris des règlements, ajouté quelques couchettes. Puis on avait cherché des salles nouvelles, installé des lits un peu partout, même aux combles. Le directeur protestait, prétendait qu'on lui forçait la main, qu'il ne répondait plus d'assurer les soins aux malades. Et, de fait, les infirmiers et infirmières étaient tellement surmenés, les salles si dispersées à tant de paliers et d'étages, que le service était chaque jour plus difficile.

Quand la civière de la Fonderie apporta l'ouvrier brûlé, immobile dans ses bottes d'ouate, le directeur de l'hôpital s'emporta. Prenait-on l'établissement pour un camp ? Fallait-il tuer quelqu'un pour faire de la place ?

Mais il jeta un regard sur le blessé et le vit si faible, tournant vers lui des yeux si suppliants, qu'il ne protesta plus.

— Allons, entrez, on verra.

Il se rappela qu'il pouvait disposer, tout au moins pour un jour ou deux, de la salle de la maternité. Aucune pensionnaire n'était annoncée. Et même le matin, on avait porté à cette salle un autre grand malade, un vieux paysan qu'on avait été contraint de placer, pour une fracture du bassin, dans un appareil de plâtre.

La civière parcourut les longs couloirs blancs où, des vasistas des portes, tombaient obliquement des raies de lumière. La maternité était isolée, dans un bâtiment neuf auquel on accédait par une passerelle. Sans doute avait-on donné cette disposition au pavillon pour laisser tout à leur aise crier les parturientes. De cette manière, elles ne dérangeaient point les autres malades. Le bruit était lointain et étouffé.

Le blessé fut couché, avec de grandes précautions. On dut néanmoins déranger quelque pansement. Il sentit plus cruellement les brûlures de son corps et poussa quelques gémissements.

Les porteurs jetèrent sur lui un dernier regard et repartirent vers l'usine, en hochant la tête.

— Jules est bien touché. Il ne s'en tirera pas.

Le directeur de l'hôpital était embarrassé. La visite avait eu lieu déjà. Aucun médecin ne devait revenir de la journée. Il préviendrait le médecin chef, afin que quelqu'un visitât l'ouvrier.

Un infirmier apporta un peu de bouillon et repartit, appelé de la cour. Le silence s'établit.

Alors le vieux paysan, qui pouvait juste soulever un peu la tête, la dressa avec effort, essaya de voir son voisin. L'ouvrier avait les paupières closes, et le nez pincé. Sa face était charbonnée, toute noire sur les draps.

Encore un peu de silence. Puis le vieux voulut savoir, questionna :

— Alors, ça ne va donc pas ?

Le fondeur ouvrit enfin les yeux, dit "non" dans un souffle.

— Et qu'est-ce que vous avez attrapé ?

— Brûlé !

— Ah ! bougre. Moi, c'est en abattant un arbre. Une grosse branche m'a couché. J'ai quelque chose de démoli là-dedans. Ils me disent que j'en ai pour des mois.

Il ne s'arrêta plus, raconta l'accident.

— Faut vous dire que j'ai pas tout à fait assez de bien pour travailler rien que chez moi. Alors je vas en journée. Justement le père Maudru venait d'acheter un champ dans le bas, vers le ruisseau. Il m'a dit : "Viens voir, qu'on coupe un chêne qui me fait trop d'ombre."

Il ne s'arrêtait plus, estimait la terre, prétendait que le champ n'était pas entièrement payé, entrait dans mille détails oiseux, qu'il accompagnait de plaintes.

— Aï, aï, voilà que ça me reprend dans les reins.

Parfois l'ouvrier relevait un instant les paupières, puis les laissait retomber. Il recommençait à gémir.

— Peut-être bien qu'ils pourraient tout de même vous empêcher de tant souffrir. Seulement s'ils viennent comme pour moi, ce sera pas souvent. On a le temps de mourir dix fois avant d'avoir leur visite. Ils ont tant à faire.

Lui en prenait son parti.

— Parce que, ajoutait-il, vous savez, avec eux, c'est souvent celui qui réclame le moins qui est le mieux vu.

Il se faisait docile, sentant qu'il était là pour longtemps, qu'il aurait donc intérêt à ne rien dire qui déplaise.

Cinq heures. La nuit était venue. L'infirmier reparut, alluma une veilleuse, disposa sur la table de nuit le repas du vieux, ragoût presque liquide où abondaient des morceaux de graisse jaune. Puis il s'enquit auprès de l'autre malade.

— Et vous ? Prendrez-vous quelque chose ?

Il vit que le bouillon n'avait pas été touché. Il le mit de côté, n'insista pas.

Il aida le vieux à manger, emplissant hâtivement la bouche, pressé de repartir, ce qu'il ne tarda pas à faire.

La veilleuse crépitait un peu, la mèche charbonnait, éclairait mal. Des ombres dansaient. L'ouvrier ne bougeait pas. Sous la moustache rude, la bouche était un peu ouverte.

Le paysan ne pouvait guère que tourner la tête de droite et de gauche. Dès lors qu'il n'avait plus à entamer de conversation, que son compagnon ne paraissait pas disposé à l'entendre, il fixa un autre coin de la pièce, entra dans son habituelle méditation, supputa la perte que lui occasionnait son accident, refit pour la centième fois tout son programme de travail dès qu'il pourrtait sortir.

— Pourvu que Lucie ne laisse pas dépérir le bétail !

Sur la page coutumière de sa pensée un son tomba comme une tâche. Il prêta l'oreille, habitué à analyser les bruits. Le son se renouvela. D'où provenait-il ? Le vieux se crut un instant chez lui à la ferme, couché dans l'alcôve aux rideaux d'indienne rouge. Les nuits de pluie, une partie du toit mal parcouru par le chéneau, laissait tomber, à des intervalles réguliers, une grosse goutte. Il l'entendait parfois avant de s'endormir et, les matins, le claquement de la goutte lui révélait qu'il pleuvait encore. Mais il n'était plus à la ferme, il était à l'hôpital. Le son se renouvela plusieurs fois, à des intervalles plus rapprochés sans cesse, pour arriver à un rythme.

Il regarda la fenêtre, que la cristallisation de la glace recouvrait d'une forêt de légende, tout un magnifique développement de fougères sur lesquelles un réverbère lointain faisait courir une irisation légère. Le temps restait froid. Pas de pluie pour la nuit. Et pourtant il percevait le son insistant de cette goutte monotone qui tombait, s'écrasait, paraissait maintenant rencontrer une nappe liquide pour la recevoir, puisque le bruit devenait plus mou.

Le vieux tourna de nouveau les yeux vers son voisin immobile, vers le pauvre visage anguleux et noir, qui se détachait sur la blancheur de l'oreiller. Son regard, comme conduit, suivit l'armature de fer du lit jusqu'aux pieds minces, que des souffrances semblaient avoir rongés. Et il vit. Sous le lit du blessé, le parquet était marqué d'une tache très sombre.

Le paysan fut lent à comprendre. Il continuait à regarder la tache, à écouter le son régulier. Il eut l'impression nette que le disque sombre grandissait. Etait-ce donc du sang ?

Il appela doucement !

— Eh ! compagnon !

Le blessé ne fit aucun signe prouvant qu'il eût entendu.

L'appel se fit plus pressant.

— Compagnon ! Ça va donc plus mal ?

Du silence que le bruit des gouttes martelait ! Le vieux comprit enfin que le blessé était évanoui, ou dans le coma, qu'un pansement avait dû se déplacer, qu'un gros vaisseau avait pu se rompre et que l'ouvrier se vidait de son sang, à travers le matelas mince et le sommier fait de lames de fer. Et il eut peur, au point de tenter un mouvement qui lui rappela, par la douleur aiguë, qu'il était immobilisé, enchaîné. Il se rappela l'éloignement des autres salles, l'impossibilité de se faire entendre. Il fallait essayer pourtant. Il cria :

— Au secours !

Sa voix lui parut faible et inutile. Elle était cassée par les ans, rauque, mais sourde. Il regretta de n'avoir plus la force d'autrefois, les poumons robustes, la poitrine large, quand il conduisait ses grands bœufs au labour et qu'il chantait, à plein gosier, dans l'air automnal qu'il faisait vibrer. Alors on l'entendait à l'autre bout du sillon.

Il souleva un peu la tête, tendit les muscles du cou.

— Au secours !

Mais il sentait son impuissance. Les mots ne sortaient guère de la chambre, brisaient leurs ailes aux murs nus, entr'ouvraient à peine la porte et revenaient comme s'ils eussent renoncé à cheminer dans les couloirs trop vastes et trop longs.

— Au secours ! au secours !

Une terreur le prenait. N'allait-il pas mourir aussi, puisque l'hôpital était sourd quand planait le danger. Il se rappela un incendie dans sa campagne, tout un toit de chaume embrasé et, devant la maison, une femme et des enfants qui hurlaient et dont la voix devenue immense l'avait tiré du sommeil, une nuit. Il fit un effort désespéré, gonfla sa poitrine aux côtes saillantes, ouvrit largement sa bouche édentée.

— Au secours !

En même temps, il jugeait que son cri diminuait de force. Et il redoublait pourtant d'énergie. Il avait pu saisir un angle de la table de nuit. Il martelait le mur avec le meuble. Il ne comprenait pas que ce choc n'ébranlait guère la vieille demeure, qui aurait dû être douce et maternelle et qui restait insensible. Il regardait la tache qui avait encore grandi, dépassait le lit, venait vers lui. Il ne voulait pas être envahi, noyé dans ce sang. Il soulevait le cou, autant qu'il pouvait, la nuque douloureuse et la bouche pleine d'ombre, aphone...

XXXI

— Vous, c'est vous qui avez fait cela !

Clément venait d'aborder Constance à la sortie de l'usine. Il avait cru remarquer un mouvement de gêne, comme si elle voulait l'éviter. Et maintenant elle marchait le long des maisons. Elle se faisait toute petite et levait vers lui un regard effrayé.

D'abord il fut presque dur. Un peu de la colère de l'autre nuit persistait en lui. Il avait souffert, il voulait faire souffrir. Quels gens fréquentaient Constance ? À quel rendez-vous était-elle allée en entrant au cinéma. Et avant d'entendre une justification qu'il désirait de toute son âme, il condamnait sans appel.

— Que vous êtes méchant, Clément !

Elle ne donnait pas tout de suite l'explication. Elle avait, comme dans la forêt, ses yeux de biche traquée, qui suppliaient. Mais il s'entêtait à questionner et il ne laissait guère le temps d'une réponse. Puis il resta silencieux un instant. En marchant, ils avaient quitté le cours. Ils s'enfonçaient dans une rue mal éclairée.

La neige, depuis la veille, avait fait son apparition, et la couche était, en de certains endroits, assez épaisse. Une sente avait été tracée par les pas, au long du jour. Elle était trop étroite pour que deux personnes pussent marcher de front et elle forçait les deux amants hostiles à se rapprocher l'un de l'autre. A certains mouvements, Clément sentait la jambe de Constance le long de la sienne. Sa colère tombait. Il comprenait maintenant, près de la femme aimée, l'exagération du soupçon. Il lui vint une grande tendresse. Il passa sa main sous le bras de Constance.

— Ma chérie, parle-moi maintenant. Dis-moi la vérité.

Ils allèrent, par la rue silencieuse. Parfois des gens les dépassaient, contournaient leur groupe dans la neige. Ils baissaient un peu le ton, et ce n'était du reste plus celui d'une dispute.

La jeune fille expliquait sa présence au spectacle avec une amie. Elle avait accepté l'invitation, peut-être un peu vite. Elle n'avait pu ensuite se dégager.

— Mais tu riais à ces hommes ?

—Ingrat ! Mon sourire ne va-t-il pas vers vous avant tout autre ?

Il évoqua les premiers temps de leur amour. Une intimité étroite les réunissait maintenant par la racine du souvenir. Et, tout à coup, les aveux définitifs montèrent aux lèvres, se pressèrent. Ce que Constance taisait, aux heures enivrantes du baiser, elle le livrait maintenant, dans la nuit d'hiver. Oui, elle l'aimait profondément, de toute son âme, de tout son cœur, depuis le début.

— De tout ton corps aussi ?

— Oui... de tout mon corps.

Elle détachait les mots, elle les disait dans un souffle, penchée vers lui. Elle ne luttait plus, sentant que l'heure était venue, qu'elle devait donner la grande preuve de son attachement.

Elle pensa à la petite chèvre de M. Seguin.

Peut-être la même image hanta-t-elle l'esprit de Clément. Il interrogea.

— Tu seras mienne.

— Oui !

— Quand ?

— Demain.

La résolution était prise. Elle était calme. Elle trouvait un plaisir infini à être franche, à regarder son amant droit dans les yeux. Toute pudeur semblait bannie. Tout d'un coup, et comme si déjà l'acte était accompli, elle se sentit femme. Elle se donnait par la pensée, éperdument.

— Demain ! On enterre à deux heures le malheureux que le fourneau a brûlé. J'irai aux obsèques, avec mes camarades. Je ne rentrerai pas à l'usine. A quatre heures, je serai au chantier. Nous reviendrons ensemble en ville. Je ferai ce que vous voulez.

— Merci ! Merci !

Il se répétait la phrase "Je ferai ce que vous voulez".

Ils voulaient sceller la promesse, solennellement. Ils n'osèrent pas cependant s'embrasser dans la rue. Alors Clément saisit la main et le poignet de Constance. La manche dégrafée céda, remonta et sur tout le bras nu il fit courir son baiser.

XXXII

Quand les porteurs, avec des gestes qui paraissaient attentifs et qui n'étaient que machinaux, mirent le cercueil de bois blanc, mal raboté, sur le corbillard, les hommes massés dans la cour de l'hôpital se découvrirent. C'étaient les compagnons de travail de la victime. Tous les ouvriers de la Fonderie avaient demandé à assister aux funérailles, mais comme on ne pouvait arrêter l'usine, une moitié du personnel était demeurée autour des hauts-fourneaux meurtriers. Ceux qui étaient là s'étaient endimanchés pour honorer le mort. Au lieu de leurs vêtements amples et commodes de travail, ils se trouvaient guindés dans les paletots courts et étroits dont ils s'obstinaient cependant à boutonner le haut qui bridait la poitrine.

Leur salut était gauche et émouvant. Les grosses mains calleuses et noircies avaient saisi le bord du chapeau large de feutre, sur le côté, l'avaient d'abord relevé et maintenu une seconde contre la tête. Puis le chapeau avait glissé le long du visage, et, maintenant ils le tenaient, à hauteur de l'épaule. Ils étaient silencieux. Ils écoutaient le bruit du cercueil râpant le bord de la voiture, quand le poussèrent les porteurs. Ils attendirent qu'on ait accroché l'unique couronne de perles, ronde, laide, où une inscription blanche se détachait sur les motifs noir et vert. Ils se regardèrent, comme inquiets de ne pas savoir se conformer à une discipline. Dès que l'un remit son chapeau, tous l'imitèrent. Et le cortège s'ébranla.

Tout d'abord, derrière le char des pauvres, un petit groupe s'était hâté de se placer : la veuve soutenue par deux voisines, qui l'avaient prise sous le bras, la portaient presque. Les deux femmes compatissantes s'étaient mises en noir pour la circonstance et les voiles de la veuve, larges et rigides, planaient sur elles, les enveloppaient toutes trois dans le même deuil.

Des rangs s'étaient formés, au hasard, vite disloqués par la marche plus ou moins rapide des gens, et par les affinités d'atelier qui poussaient les amis à se rechercher dans la foule, à s'appeler d'un signe, car chacun demeurait encore silencieux.

Mais bientôt un mot de commisération prononcé à voix basse, établissait la conversation :

— Ce pauvre Jules, hein. Il a dû bien souffrir !

On se contait la fin atroce, la mort du blessé dans une salle lointaine de l'hôpital, les artères vidées comme celles d'une bête saignée, sous les yeux d'un vieux malade immobilisé, devenu fou à moitié. Une colère sourdait dans des mots encore contenus. Après tant de peines et de sacrifices, les ouvriers n'avaient-ils pas droit à plus d'attentions quand ils étaient couchés par l'accident ? Devait-on les laisser mourir comme des chiens ? Mais des hommes d'âge hochaient la tête, pensaient aux souffrances qui accablaient leurs fils après les attaques, au front. Et ils expliquaient que là-bas, aussi, dans la grande boucherie de l'Europe, les agonisants n'avaient pas toujours les soins que réclamait leur état. C'était la guerre maudite qui était la cause de tout le malheur du temps, qui accablait les ouvriers de l'usine comme les ouvriers de la tranchée.

Le ton s'élevait sans que les hommes s'en doutassent. Une rumeur, alimentée de cent conversations, montait du cortège, bourdonnait aux oreilles de la veuve. La pauvre femme se courbait un peu plus au fur et à mesure qu'on approchait du cimetière. Ses épaules se faisaient étroites sous le châle serré. Au-dessus éclatait la blancheur de son cou ployé, sur lequel pendait, de la chevelure, une mèche découragée.

Un gardien, invisible, écarta les portes du champ saint. L'allée de cyprès s'ouvrait profonde, paisible, et les branches les plus rapprochées semblaient des bras tendus vers la dépouille qui entrait. Comme si ce fût là un pays de silence, les roues du corbillard cessèrent de crier. Elles entraient à peine dans le sable recouvert de brindilles tombées des conifères. Du tapis d'aiguilles montaient des odeurs de résine. Entre les troncs rugueux, des fenêtres de clarté s'ouvraient sur chaque quartier de la cité des tombes. Les paroles avaient cessé dès le seuil. Les gens lisaient au passage, des noms d'or sur des pierres blanches.

De nouveau, le bois du cercueil râpa le fond du corbillard. Le pas rythmé des quatre porteurs s'enfonça dans la glaise d'un talus et la terre béante engloutit sa proie dont elle semblait ne point se contenter. La foule s'était rapprochée par deux sentes, avait entouré le trou rectangulaire et le talus où des mains lentes prenaient un peu d'argile et de sable pour les lancer en hommage suprême au défunt.

Alors un sanglot long, ininterrompu, s'éleva. La veuve avait un moment, dompté sa douleur, mordu son mouchoir, tu ses larmes. Mais quand, malgré sa volonté, un premier cri s'échappa de sa gorge serrée, elle sentit qu'elle ne pourrait plus s'arrêter. Elle était tombée sur les genoux, malgré les femmes qui essayaient de la relever. Elle tendait ses mains vers la fosse. Et le cri devint intelligible.

— Mon petit homme ! Mon petit homme !

Elle n'eut plus conscience de la foule. Elle fut seule avec lui, dont elle allait être séparée pour toujours. Sans doute revécut-elle sa vie d'épouse, les heures délicieuses d'intimité, les moments où l'usine le lui rendait, où il était bien à elle, caressant et tout proche. Et son cœur délira.

— Ton corps, ton corps chéri... Tes bras qui m'entouraient... Jamais... Jamais plus ! ...

On l'entraîna. Les cyprès, comme des rideaux d'alcôve, étouffaient sa voix tendre.

Et de la tombe où chaque jet de pierraille faisait résonner le coffre de sapin et semblait enfouir un amour, Constance Rémo s'éloigna, le cœur battant, pour accomplir, elle aussi, son destin d'amoureuse.

XXXIII

Il était tout près de quatre heures. Clément Meusnier regardait pour la dixième fois sa montre. Constance allait venir. De la fenêtre du bureau, près de laquelle il se tenait debout, il allait la voir contourner les bâtiments de la pyrotechnie, entrer dans le chantier avec ce léger balancement eurythmique du corps où se révélait la race. Au delà des toits neufs des ateliers achevés, la ville déroulait ses volutes de fumée où montaient parfois des parcelles lumineuses de plus en plus visibles au fur et à mesure que le crépuscule régnait. L'immense cœur de la cité de fer battait puissamment et Clément confondait le bruit avec celui de son sang dans ses propres artères.

L'attente, même après la promesse explicite, le torturait. Il imaginait la sortie du cimetière et suivait Constance dans son trajet à travers les rues. Comme il se reprochait d'avoir fixé leur rencontre aussi loin ! Pourquoi n'avait-il pas offert d'aller au-devant d'elle en dépit des regards indiscrets ?

Et, tout à coup, une explosion formidable l'assourdit, une lueur l'aveugla. Les carreaux volèrent en éclats, un souffle puissant le coucha sur le sol. La porte s'était ouverte et avait frappé une cloison avec rage. Le froid du dehors entrait vainqueur comme un ennemi qui a longtemps rôdé autour de sa proie et qui bondit sur elle.

Clément se releva d'abord sur les genoux, s'appuyant en avant sur les paumes. Une tache rouge marqua sa main droite. Il se toucha le front et essuya du sang. Un débris de verre l'avait légèrement atteint.

Il fut debout, allant instinctivement vers le seuil, vers l'espace libre, et, dans l'instant, une seconde explosion plus formidable retentit. Il vit du milieu de la pyrotechnie, s'élancer une colonne de fumée où se tordaient des flammes comme de grands serpents rouges. La colonne montait, montait, régulière, droite. Elle eut cent pieds, puis deux cents peut-être. Elle était surmontée d'une toiture entière, complète, comme une coiffe de tuiles. Alors, à cette hauteur, un éclatement se produisit au sommet. Il y eut, sur le pied de vapeur, une table de feu. La toiture fut dispersée, volatilisée. Une boule sombre, où perçaient encore des éclairs, s'enfla, devint immense, prit la valeur d'un nuage et se déplia ainsi qu'un drap noir que des mains puissantes auraient maintenu sur la ville. Ce fut la nuit.

Vers Clément, un torrent roula. Il avait fait quelques pas devant la maison. Un grand diable de Kabyle le bouscula, hurlant, continuant à fuir par grandes enjambées. D'autres suivirent. Puis vinrent des ouvriers de toutes races, des Italiens, des Français. Des paroles d'effroi, prononcées dans toutes les langues, avaient une même consonance gutturale. Dans l'ombre, on voyait surgir sans cesse des formes dansantes comme des vagues. L'atelier sautait, allait sauter tout entier.

Des femmes parurent, qui avaient été moins promptes à la course. Leurs cris étaient aigus et terribles. Des filles pourtant ne disaient rien, couraient, tombaient, se relevaient, avec des yeux fixes agrandis pas l'épouvante, les cheveux flottants, comme des folles.

— La Pyro saute. Qu'attendez-vous ? Fuyez !

Un officier jetait ces mots à Clément. Il n'entendait pas. Il ne pouvait entendre. Les explosions se succédaient sans interruption. C'était un fracas continu, un roulement formidable de tambour.

Et soudain, de partout, des clartés montèrent, incendièrent le ciel, le libérèrent de son linceul d'ombres. Une atmosphère jaune, étrangement lumineuse régna. Des gerbes de feu rayonnèrent, tantôt verticales, tantôt obliques, pourpres ou vertes, tressant les mailles gigantesques d'un filet.

Les silhouettes des fuyards s'amplifiaient démesurément. Maintenant, Clément les distinguait longtemps, jusqu'à ce qu'ils eussent disparu dans la campagne éclairée, derrière les haies du chemin.

— Vous êtes fou ! Ne restez pas là !

Clément secouait la tête. Il avait repris sa montre. L'affolement des gens semblait lui rendre tout son sang-froid. Il analysait le spectacle atroce et sublime sans songer à protéger son existence. Même, quand les sirènes des usines se mirent à siffler, éperdument, sans doute pour conseiller l'exode à la population, il distingua le son de celle de la Fonderie, plus grave, le son qui libérait chaque jour Constance.

La jeune fille devait être très près de l'atelier. Peut-être avait-elle déjà dépassé les quartiers terminés. Continuerait-elle sa route ? Avait-elle été entraînée par la foule lamentable ? En tous cas, il ne pouvait s'éloigner encore. Il devait rester quelques minutes de plus au cas où elle viendrait vers lui, pour la guider, pour la sauver.

Mais, autour de lui, commençaient à tomber mille

débris, plâtras, verre, briques, bois, projectiles, fonte, fers surtout, dispersés en très petits morceaux. La place devenait intenable. Il chercha du regard un abri, n'en trouva point.

Les flammes grandissaient encore. Le ciel s'emplissait du rayonnement des fusées. A chaque moment, l'incendie attaquait une nouvelle partie des bâtiments, léchait un tas d'obus. L'ébranlement de l'air provoquait l'explosion des poudres les moins stables. Sur des kilomètres, un cratère mugissait.

Les hommes avaient cru dominer la nature, lui arracher ses secrets, dompter ses forces, les enclore dans les culots de bronze pour les diriger ensuite à leur gré, déterminer la minute et la distance où elles agiraient. Folie ! La nature prenait sa revanche. Les forces se libéraient et les puissances de mort, rassemblées par les hommes, se retournaient contre eux.

Clément songea à l'orgueil de sa prédiction : le feu libérera la terre du feu. Il douta, pour la première fois. Sa foi et son courage l'abandonnèrent. Le fracas l'assourdissait. Il eut peur enfin et il courut à son tour, sur le chemin qui contournait l'atelier et par lequel Constance devait venir.

L'amour lui-même était maudit. On était à l'âge de la douleur. Sur les deux amants qui se cherchaient à travers les ruines de la cité, continuait à pleuvoir du fer, du fer, du fer...

EMILE

Lettre d'E. MONTUSÈS à E. GUILLAUMIN sur "L'Age de Fer"

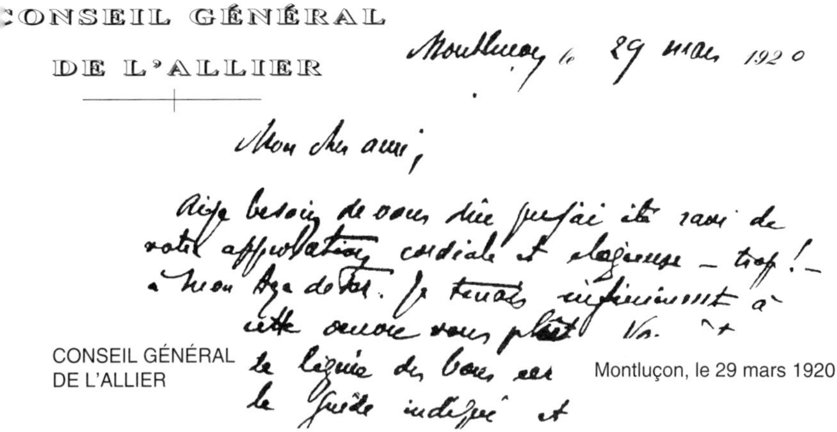

CONSEIL GÉNÉRAL
DE L'ALLIER

Montluçon, le 29 mars 1920

Mon cher ami,

Ai-je besoin de vous dire que j'ai été ravi de votre approbation cordiale et élogieuse - trop - à mon Age de Fer. Je tenais infiniment à ce que cette œuvre vous plût. Vous êtes dans la grande lignée des bons écrivains de notre région, le guide indiqué et, en somme, je vous apportais mon premier roman, avec l'inexpérience dans un genre auquel je me suis tardivement décidé, puisque je suis malgré moi un lyrique. Je n'ai pas ignoré les difficultés et je savais que les poètes (Snell nous l'a assez dit) sont de piteux romanciers. La fresque, le décor, ça va mais l'intrigue... Malgré tout, j'aurais pu trouver quelque chose, une machine violente et passionnée et il m'aurait suffi d'être véridique. J'ai côtoyé pendant la guerre plus d'une histoire dans le cadre même que j'ai dépeint ! Seulement voilà, j'ai eu peur d'être en un sens trop violent si j'étais vrai et j'ai craint que, dans mon temps, on me fasse un grief d'avoir rendu en couleur trop cruelle ce qu'on est convenu d'appeler l'amour... en ce temps. C'est pour être tolérant que j'ai fait de la femme, dans nos usines, un être encore assez charmant et honnête et que, de parti pris, je n'ai pas voulu la chute. De là ce que vous notez avec raison sur le caractère conventionnel de mes deux héros. Je ne plaide pas en ce moment auprès de vous, n'est-ce pas, mais c'est voulu. Ainsi je n'ai pas du tout caractérisé l'homme, ni physiquement, ni "socialement", sa vie antérieure est inconnue et il est seulement célibataire ? Il est un homme, dans un moment, et un témoin dont j'avais besoin pour mes tableaux. C'est un procédé lyrique dont je n'ai pu m'affranchir. La jeune fille est plus "poussée". Il y a une raison. C'est que toujours j'avais eu le désir de noter, chez nos petites ouvrières, la résistance capricieuse (et hélas inutile parce que dame Nature est là) dans le pourchas amoureux... On m'a écrit : "Ce n'est pas une véritable amoureuse". Qui le sait ? Elle est vue comme un homme peut voir objectivement, et ses mouvements d'âme ne sont notés que par ce qu'il en transparaît. De la part de l'écrivain c'est, je trouve, plus honnête que de prêter toute une garde-robe de sentiments qui conviennent plus ou moins à la femme. Demi-vierge, ma Constance, je ne sais. En tout cas, c'est le type moyen de nos ouvrières, un peu plus racée naturellement et affinée pour la poétique du livre. Voilà, mon cher ami, comment je défends mes personnages. Mais je suis tout à fait de votre avis, je préfère le roman de la cité. C'est parce qu'on ne l'aurait peut-être pas lu que j'ai fait ce placage.

Ernest MONTUSES

Illustrations

Impressions DUMAS – 42100 SAINT-ÉTIENNE
Dépôt légal : 4e trimestre 1993
N° d'imprimeur : 31612

Imprimé en France